O Vaso Chinês

Tânia Alexandre Martinelli

O Vaso Chinês

Ilustrações de **Mariana Zanetti**

© Editora do Brasil S.A., 2014
Todos os direitos reservados
Texto © Tânia Alexandre Martinelli
Ilustrações © Mariana Zanetti

Direção executiva **Maria Lúcia Kerr Cavalcante Queiroz**
Direção editorial **Cibele Mendes Curto Santos**
Gerência editorial **Felipe Ramos Poletti**
Supervisão de arte e editoração **Adelaide Carolina Cerutti**
Supervisão de controle de processos editoriais **Marta Dias Portero**
Supervisão de direitos autorais **Marilisa Bertolone Mendes**
Supervisão de revisão **Dora Helena Feres**
Edição **Gilsandro Vieira Sales**
Assistência editorial **Flora Vaz Manzione**
Auxílio editorial **Paulo Fuzinelli**
Coordenação de arte **Maria Aparecida Alves**
Design gráfico e produção de arte **Estúdio Versalete | Christiane Mello e Maíra Lacerda**
Coordenação de revisão **Otacilio Palareti**
Revisão **Equipe EBSA**
Controle de processos editoriais **Leila P. Jungstedt e Bruna Alves**

Dados Internacionais de Catalogação na Publicação (CIP)
(Câmara Brasileira do Livro, SP, Brasil)

> Martinelli, Tânia Alexandre
>   O vaso chinês / Tânia Alexandre Martinelli ; ilustrações de Mariana Zanetti. – 1. ed. – São Paulo : Editora do Brasil, 2014.
>   ISBN 978-85-10-05473-7
>   1. Literatura infantojuvenil I. Zanetti, Mariana. II. Título.
> 14-04577   CDD-028.5

Índices para catálogo sistemático:
1. Literatura infantojuvenil   028.5
2. Literatura juvenil   028.5

1ª edição / 3ª impressão, 2023
Impresso na Hawaii Gráfica e Editora.

Rua Conselheiro Nébias, 887, São Paulo, SP, CEP: 01203-001
Fone: (11) 3226-0211 – Fax: (11) 3222-5583
www.editoradobrasil.com.br

 Para Sandra Riether e Maria Cecília Martins Pedroso.

Sumário

Parte 1

- 12   Capítulo 1
- 13   Capítulo 2
- 14   Capítulo 3
- 17   Capítulo 4

Parte 2

- 20   Problemas, só problemas...
- 21   Seria prisioneira?
- 23   Ou seria o próprio rosto?
- 24   Teria um porão com passagem secreta e tudo?
- 26   Sorte?

parte 3

- 30 Sua vez
- 33 No dia da mudança
- 35 O espelho
- 39 A feira
- 40 O parque
- 45 No ônibus
- 49 Domingo
- 51 Improdutiva
- 54 Trem-fantasma
- 59 Parede
- 62 Gripe

parte 4

- 68 De propósito
- 70 Na calçada
- 74 O livro
- 76 Tio
- 79 Biblioteca
- 81 Bem esquisito
- 84 O vaso azul
- 87 Voando
- 90 Telefone
- 95 Retorno
- 100 Sorvete

Capítulo 1

Uma casa malcheirosa, as paredes descascadas e um único vaso azul, sem flor nem nada, no centro da mesinha da sala.

Junte tudo isso num único cenário e logo descobrirá onde Ana Maria e sua mãe moravam agora. Sim, era um lugar bastante estranho. Mas a Ana Maria, com suas pernas longas e finas, até os braços, mãos e dedos compridos assim, não era muito diferente disso.

Apesar do pouco tempo vivendo ali, toda a vizinhança já tinha reparado que Ana Maria não costumava sair muito de casa. Quer dizer, ela nunca saía mesmo e isso era uma coisa que realmente me deixava intrigado (seria prisioneira?). Ana Maria via o mundo através das cortinas da sala, que de vez em quando voavam por causa do vento ou então eram mexidas de propósito. E o que todo mundo via, o que todo mundo enjoava de ver eram apenas aqueles dois olhos castanhos espiando o lado de fora. Só espiando, mais nada.

Lembro o dia em que a garota se mudou, três casas adiante da minha. No ombro esquerdo havia uma bolsa, enquanto o braço direito segurava um caderno. Não dava para definir seu rosto muito bem, pois uma das mãos estava na testa, bem acima dos olhos, como se fosse uma viseira tapando a luz do sol (ou seria o próprio rosto?).

Mas foi no momento em que a Ana Maria desceu o braço e girou o pescoço, primeiro para uma esquina, depois para outra – talvez para saber se era observada ou não – que eu descobri. Os mesmos olhos castanhos que depois e por muitas vezes ainda eu vi através das cortinas. Assustados, completamente assustados.

Do portão de casa, eu ouvia claramente os berros da sua mãe dando ordens aos homens que descarregavam as coisas do caminhão:

– Cuidado! Não vão bater a minha cristaleira! É francesa. Legítima.

E dali a pouco:

– Cuidado com o vaso azul! É do século passado. Chinês. Legítimo.

Um minuto depois, a Ana Maria entrou. E nunca mais ninguém a viu.

Capítulo 2

Às vezes, as cortinas da sala eram abertas. Um pouquinho só, uma frestinha de nada para passar o ar. Mas assim mesmo não dava para enxergar a Ana Maria. Só o vaso azul, sem flor nem nada, em cima da mesinha, no centro da sala.

Num belo dia, eu jogava bola na rua com mais três amigos, quando um deles chutou um chute mais do que errado: quebrou a vidraça da sala da nova e estranha vizinha.

– Xi!!!

Ficamos nos olhando com caras de tacho. Achamos que a Ana Maria e a mãe deveriam ter saído porque senão já teriam vindo reclamar, é lógico. Mas como, eu pensei naquele instante, se a gente estava ali na frente o tempo inteiro e não viu ninguém passar? A menos que tenham saído pelos fundos ou ainda pelo porão (teria um porão, com passagem secreta e tudo?).

O jeito foi tirar par ou ímpar e ver quem de nós três buscaria a bola. Três porque, nesse ponto, o amigo perna de pau já tinha desaparecido.

A sorte (sorte?) estava comigo.

Atravessei a rua, pus o pé na calçada, abri o portão devagar, olhei. Avancei um pouco e olhei mais de perto. Com cuidado, enfiei a mão por dentro da janela quebrada e alcancei a maçaneta da porta. Procurei saber se tinha alguma chave ali. Tinha. Virei devagarzinho e consegui abrir. Entrei.

A bola estava bem próxima à mesinha da sala, aquela em que ficava o vaso azul. Ex-vaso azul. Chinês. Legítimo.

Abracei a bola como quem abraça um amigo que não vê há anos e me mandei o mais rápido possível. Cheguei ofegante ao outro lado da calçada, o coração pulando desassossegado também.

Pus a mão no peito, dei um suspiro fundo antes de contar:

– Quebrou!

– A gente já sabe que a janela quebrou – disse um dos meus amigos, com pouco-caso.

– Não tô falando da janela, engraçadinho! Foi o vaso! O vaso que quebrou em mil pedaços! – exagerei um pouco mais para ver se eles acordavam. – Um milhão de pedaços!

– Mas que vaso? – o outro perguntou.

– O vaso azul!

Os dois me olharam com uma cara de total desinteresse: qual a diferença se o vaso era azul, amarelo, vermelho...

Expliquei bem rápido:

– É que vocês não viram no dia da mudança. Mudei o tom de voz: "Cuidado com o meu vaso! É do século passado. Chinês. Legítimo."

Foi então que eles finalmente compreenderam:

– Xi... E agora?

Mas antes que eu respondesse, logo emendaram com uma solução instantânea:

– Vamos correr antes que a mulher apareça!

Capítulo 3

No outro dia, acordei às seis horas e me aprontei para ir à escola. Peguei a mochila no quarto, saí pela sala, abri o portão, fechei, passei em frente à casa do lado, depois em frente a mais uma, mais uma e então... então... Aquela casa!

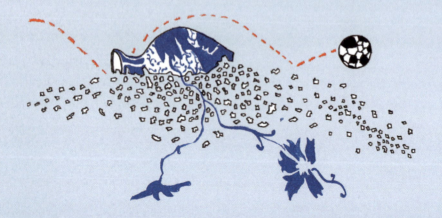

Achei que eu ainda estivesse completamente dominado pelo sono, às vezes eu acordava mesmo só lá pela segunda aula, por isso abri mais os olhos. Mas eu estava enxergando bem. Muitíssimo bem.

A mãe da Ana Maria já tinha trocado, da noite para o dia, o vidro da janela, pois ele agora estava lá, inteirinho para quem quisesse ver. Fiquei boquiaberto com tanta esperteza. Seria bom se eu conseguisse arrumar o meu quarto assim. Quem sabe apareço lá e peço o segredo?

Mas o pior de tudo foi na volta. Eu retornava sozinho, pois meus amigos tinham ficado na escola para uma aula extra de Matemática. As cortinas estavam abertas. Não só uma frestinha como sempre, mas tudo aberto. Escancarado. E o que foi que eu vi ao passar em frente? O vaso azul, chinês, legítimo, em cima da mesinha no centro da sala. Intacto!

Não aguentei e abri devagarzinho o portão da casa. Pouco me importava se aquilo fosse uma invasão. Mais uma, aliás. Coloquei o nariz no vidro para ter certeza do que eu via, quem sabe algum sinal de cola explicasse tudo e pronto? Sim, uma cola superpotente, por que não?

De repente, o maior susto! A mãe da Ana Maria, percebendo que eu estava ali, fechou a cortina na minha cara! Os lábios estavam bem apertados um no outro, as sobrancelhas franzidas, na certa já sabia de tudo e só estava preparando algum plano mirabolante para acabar com a gente.

Saí correndo. Tropeçando nos meus próprios pés. E quando eu encontrei os meus amigos mais tarde, na frente da casa de um deles, anunciei o veredicto final:

– Ela é perigosa! Perigosíssima, gente! Agora eu tive a certeza!
– Por quê?

Então eu contei o que achava, a história do tal plano mirabolante, e eles concordaram comigo na mesma hora.

– Temos que expulsá-la! – eu disse. – Chamar a polícia, o prefeito, o governador, não interessa! Aqui é que ela não pode ficar. O mundo já tá tão cheio de gente esquisita, agora até na nossa rua? Cadê o sossego, cadê a nossa paz?

Meus amigos iam balançando a cabeça dizendo que sim, quase me aplaudindo pelo belo e convincente discurso.

Até que o pé torto falou:

– Eu, hein? Não vou expulsar ninguém, não. Vai que nesse plano aí que você falou tenha alguma coisa, ahn, uma transformação, por exemplo.

– Transformação?

– Sim. E se ela transforma a gente num sapo?

– Que sapo, ora essa! – interrompi, bravo. Era cada uma que me aparecia. – De onde é que você tirou isso? A culpa é toda sua, que quebrou o vaso com aquele fatídico chute. Agora fica querendo fugir da responsabilidade.

Ele me olhou calmamente. Respirou primeiro:

– Mas você não disse que não tinha nenhum vaso quebrado?

Minha resposta não saiu na hora.

– Sim, eu disse.

– Então?

– Que coisa mais esquisita... – disse meu outro amigo, coçando a cabeça.

– Põe esquisita nisso – concordei.

Continuamos o nosso diálogo por mais algum tempo, confabulando algumas hipóteses que explicassem tudo aquilo quando, num relance de olhos, nos demos conta de que o pé torto não estava mais ali com a gente.

– Cadê aquele perna de pau? – eu quis saber. Será possível que ele já tinha fugido?

– É mesmo! – perguntou um deles – Cadê?

De repente, um sapo enorme atravessou o nosso caminho. Pulamos de susto na mesma hora.

O sapo também pulou.

Coach!

Olhamos um para a cara do outro.
– Será...?
Coach!

Capítulo 4

Na manhã seguinte, dei de cara com um dos meus amigos assim que fechei o portão de casa. Achei bom. Quem sabe durante a caminhada até a escola, a gente não encontrasse uma explicação razoável para o que estava acontecendo.

Mas não demorou mais que uns passos para eu ouvi-lo dizer:
– Ué! Eu não tinha reparado neste terreno baldio aqui na nossa rua...

Parei.
– Isso porque não tinha!
– Hã?
– Cadê a casa? – perguntei.
– Casa?
– A casa da Ana Maria! O lugar da casa é aqui, esqueceu? Quer dizer, era!
– Meu Deus! Vamos até a polícia!
– E você vai falar o quê? – perguntei. – Que seu amigo sumiu, ou melhor, virou sapo, que uma vidraça e um vaso colaram sozinhos e que uma casa, simplesmente, desapareceu no ar?
– É mesmo...
– Quem é que vai acreditar na gente?
Silêncio.
– Esta história tá tão esquisita, você não acha?
Silêncio.
– Completamente cheia de problemas.
Silêncio.
Silên...
Si...
...

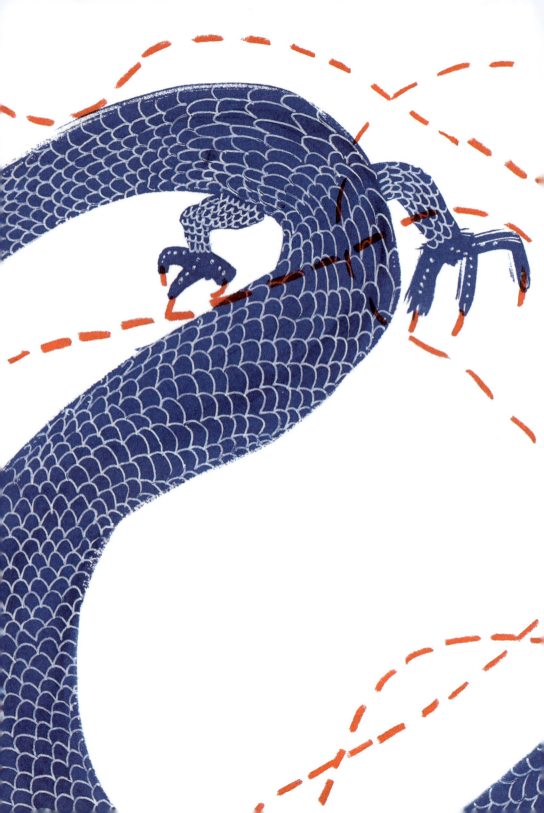

Problemas, só problemas...

– Algumas coisas não estão se encaixando muito bem nessa história. Não mesmo. Quem é o narrador? Quem são os amigos do narrador? Personagem virando sapo? Uma casa inteira desaparecendo com tudo dentro? Difícil.

Ana Maria balançou a cabeça para os lados algumas vezes, num desânimo bastante grande. Não sabia o que fazer. Não sabia nem que nome colocar nesse narrador, uma coisa simples assim. Se ao menos soubesse o nome dele... Talvez ajudasse.

Olhou para baixo, dando de cara com o caderno aberto. Irritou-se. Jogou a caneta longe, que foi parar lá no canto da porta. Emburrou. Era problema demais para resolver. Demais. Que porcaria.

Talvez devesse ler tudo de novo, quem sabe descobrisse algum jeito, uma saída. Mas pensou nisso depois de ter chorado em cima da folha, manchado algumas letras, estragado algumas cenas. Nem ligou. Naquela hora, achava que nada tinha conserto mesmo e que tudo ganharia um único destino: a lata do lixo.

Respirou fundo, prendendo o ar nos pulmões durante alguns segundos antes de soltá-lo, por completo e devagar.

E então leu uma vez.

Duas.

Três.

Apoiou melhor as costas na cadeira, pensou e pensou, deixando os olhos girarem à vontade pela sala à procura do que quisessem. Ficou observando os quadros na parede, os desenhos, as cores. Também prestou atenção na mobília, arrumada agora de um jeito diferente. Não saberia dizer se gostava ou não, como também não saberia dizer por quanto tempo ficara assim, nessa distração.

Levantou-se e buscou a caneta. Sentou-se de novo, impaciente, riscando o chão com a cadeira. Virou a folha e encontrou uma página limpinha, em branco, só um pouquinho amarrotada, coisa pouca. Alisou com o braço primeiro e finalizou passando a mão. Pronto. Quase lisa de novo.

Mas não escreveu. Ficou pensando nos parênteses que colocara no decorrer da história. Por que fizera aquilo? Por quê? Não tinha o menor sentido, não mesmo.

Engraçado. Até que parecia ter um sentido.

Sim. Parecia.

Seria prisioneira?

Quando chegou àquele lugar, Ana Maria sentiu, melhor dizendo, teve o mais forte pressentimento de toda a sua vida: o de que nunca, nunca mais iria sair.

Quem é que viria buscá-la, tirá-la daquele sufoco? Precisava arquitetar um plano urgente, urgentíssimo!, pois não sabia se conseguiria sobreviver. Talvez, sim. Talvez, não.

Pôs os pés na calçada, abraçou forte o caderno, pois ali estava, sem sombra de dúvida, a sua única salvação. Sentiu na pele aquele sol forte de tarde de verão e nesse instante transformou uma das mãos numa espécie de viseira.

– Cuidado com o...

Ana Maria olhou para trás. Os homens descarregando a mobília do caminhão. Se fosse rápida e bem esperta, poderia aproveitar a oportunidade. Fugir! Claro, pois todos estavam distraídos, ocupados, ouvindo, falando... quem é que prestava atenção nela? Quem?

Olhou para os lados. A rua de cima estava vazia, nenhum carro passando, nem cachorro. Já a de baixo... Droga. Tinha alguém. Um garoto, uma testemunha que colocaria fim ao seu plano no primeiro minuto em que fosse interrogado:

– Ah, vi sim, uma menina assim e assado, pernuda, compridona... Sei, sei... Ela foi por ali...

– Por ali onde? Seja mais preciso!

A voz encorpada do homem fez a testemunha gaguejar:

– Eu... eu...

– Vamos! Fale! Depois da esquina virou? Foi reto? Virou mais pra frente? Hã? Hã?

O garoto começou a ficar preocupado de verdade. Completamente arrependido por ter botado os olhos na menina compridona.

O homem do caminhão insistiu:

– Você sabia que ela é nossa prisioneira?

– Pri-pri-sioneira?

– Isso mesmo. E ela não pode fugir! Não pode!

– Mas o que foi que ela fe...

– É da sua conta por acaso? Por que é que você quer saber? Trabalha pra alguém?

– E-eu?

– Você, sim! Tem cara de quem trabalha pra alguém. Dá informações. Um informante da pior espécie!

O garoto tremeu:

– Nã-não... De jeito nenhum... Eu só estava em frente de casa quando...

– Então diz logo onde é que foi parar a Ana Maria!

– Mas eu já disse que ela foi por ali!

– Por ali não resolve coisa alguma!

– E o que é que eu posso fazer se não sei de mais nada?

O homem do caminhão coçou a barba. Tinha uma barba de alguns dias por fazer, nem era assim tão grande, mas deveria coçar, pelo jeito. Ele ficou passando a mão pelo rosto, apertando as bochechas, torcendo o nariz. Jogou os olhos para cima, para o canto direito, como se estivesse confabulando algo.

Algo sobre a Ana Maria? Sobre a testemunha? Sobre si mesmo? Sobre quem?

Enfim, ele abaixou a mão e encarou o garoto pela última vez:

– Dispensado.

Ou seria o próprio rosto?

Ana Maria tirou a mão da testa e deu um suspiro fundo antes de olhar para o lado de baixo da rua. Quando se descobriu observada, levou um susto, mas um susto, que imediatamente abaixou a cabeça e entrou na casa na maior correria.

Não tinha um plano. Nenhum.

Enquanto os homens descarregavam as coisas, Ana Maria foi conhecendo melhor aquele lugar, sem se desgrudar da bolsa e do caderno, principalmente do caderno. Foi dando passos lentos, atravessando aquele primeiro cômodo, que provavelmente deveria ser a sala. Sempre colocam a sala voltada para a rua, pensou. Viu uma janela grande, os vidros embaçados de tanta poeira. Por quanto tempo aquela casa teria ficado abandonada?

Deu uns cinco passos e parou. Se fosse para a direita, entraria na cozinha. De onde estava, dava para ver que o cômodo era azulejado, amarelo claro, e havia uma pia com uma torneira velha, sem nenhum brilho. Teve a impressão de que nem era uma pia muito grande. Parecia apertada, não caberia muita louça ali.

Deixou a cozinha para depois, resolveu seguir reto. Um corredor. Escuro. Três portas fechadas. Abraçou o caderno mais forte, como que buscando fortalecimento, e ajeitou melhor a bolsa no ombro. Continuou andando devagar.

Abriu uma porta. Era um quarto. Janela cinza, de madeira. Fechada. Pôs o dedo no interruptor para acender a luz. Escuro ainda. Então olhou para cima e viu que não tinha lâmpada.

Seguiu em frente. Outra porta. Outro quarto. A primeira coisa que fez foi olhar para cima. Também estava sem lâmpada.

Abriu a terceira porta. Era um banheiro e até que estava bem claro, nem pensaria em acender a luz porque o vitrô, pequeno, mas bem posicionado, conseguia trazer a claridade lá de fora.

Entrou. Vaso sanitário, box, pia. Um espelho em cima da pia. Tiraram as lâmpadas, mas deixaram um espelho? Deixaram. Era velho, as bordas todas manchadas. Por isso.

Ana Maria foi chegando mais. Não tão rápido, não com tanta pressa. Pelo contrário. Foi entortando o pescoço, botando a cara devagar na frente do espelho.

Era estranho. Ultimamente sentia-se estranha. Pensava num monte de coisas ao mesmo tempo, sentia um monte de coisas ao mesmo tempo, nem sabia explicar. Não sabia quem era essa Ana Maria. Uma menina pernuda, compridona e só?

Ana Maria soltou o caderno, nem teve o menor cuidado. Justo com aquele caderno que vivia colado no seu peito, justo com ele que carregava para tudo quanto é lugar.

Mas naquela hora ele tinha deixado mesmo de ter alguma importância. Não sabia nem falar de sua própria importância. Vai ver não tinha.

Ana Maria ergueu os braços e cobriu o rosto, molhando completamente as palmas das mãos.

Teria um porão com passagem secreta e tudo?

Ana Maria saiu do banheiro apressada, bastante apressada, e partiu para o final do corredor que, infelizmente, terminava a apenas uns três passos adiante. Pena que não dava para correr mais, correr por muitos e muitos quilômetros até passar aquilo, aquela dor horrível que nem sabia dizer direito onde era.

Apoiou os braços na parede e deitou o rosto em cima deles, chorando mais ainda. De soluçar.

Lembrou-se de quando era pequena, que fazia assim ao brincar de esconde-esconde, a cara enfiada no escuro. Só que agora quem queria se esconder era ela! Ela! Sumir ou então se transformar em alguma coisa bem feia e asquerosa!

Mas já não era?, foi a pergunta que se fez nesse minuto. Não?

Ana Maria desejava não só esconder a cara como ali estava, mas tudo, tudo, o corpo inteiro, principalmente as pernas compridas.

Como poderia ter ficado tão alta de repente? Com treze anos era maior que quase todas as meninas mais velhas! Que tristeza! Já estava ficando toda dolorida de tanto andar encurvada querendo parecer mais baixa. Começava a sentir que esse truque ainda lhe traria sérios problemas.

Ana Maria deu as costas para a parede, ficando apoiada por um tempo. Depois, foi escorregando, escorregando, até cair sentada no chão. Dobrou as pernas, que ainda assim ficavam grandes, e deitou a cabeça nos joelhos. Fechou os olhos e chorou um pouco mais. Talvez bem mais.

Aí foi ficando bem irritada. Uma fúria, uma raiva ou sabe-se lá o quê. Cerrou os punhos com vontade, até os lábios, e impulsionou os dois braços para trás, socando com força, com bastante força, a parede do fim do corredor.

Uma vez.

Duas.

Três.

E caiu para trás. Dentro do porão.

Sorte?

– Mas que falta de sorte!

Ana Maria diminuiu um pouco o tamanho dos olhos para que se acostumassem àquela escuridão. Escuridão porque, assim que a parede cedeu, girando como todas as passagens secretas giram, uma volta completa prendeu a menina dentro do porão.

Ana Maria pensou que se nem nos quartos tinham deixado uma lâmpada, umazinha que fosse, imagine só se deixariam num lugar que, vai saber, nenhum antigo morador desconfiasse de sua existência.

E isso foi uma coisa que realmente a impressionou, gelou a barriga da Ana Maria, até o peito. Um frio que caía feito uma luva para um ambiente como aquele, mergulhado na escuridão. Um breu de meter medo até nos mais destemidos.

E se ninguém soubesse do lugar? Como faria para sair dali? Quem iria buscá-la? Quem é que ligava, se importava com ela? Puxa vida!

Ana Maria foi respondendo a cada pergunta simplesmente com um balanço de cabeça. Ninguém. Ninguém.

Sorte tinha aquela menina. Aquela. Aquela mesma. Que pai legal, mãe nem se fale. Um milhão de amigos a toda hora vindo falar com ela. Abraçar. Beijar. Tinha algum problema? Algo de que não gostasse? Não, claro. Alta? Não. Baixa? Não. Gorda? Não. Magra? Não. Tudo perfeito, na medida certa. Mas que sorte a dela, que sorte!

– Você quer brincar? Jogar algum jogo?

– Agora não posso. Meus amigos estão vindo aí pra falar comigo.

– E daqui a pouco?

– Daqui a pouco eles vêm me abraçar.

– E mais pra frente, então?

– Aí vai ser a hora do beijo.

– Você tem hora pro beijo?

– Ah, sim. Tenho hora pra tudo. Faço uma agenda, quer ver? Olha só. Primeiro a gente conversa, conversa. Depois tem a hora do abraço, e até eu abraçar todo mundo vai um puxa tempo. Tá vendo aqui? – Ana Maria chegou mais perto e espichou o olho sobre as muitas anotações. – É a hora do beijo.

A menina sortuda fechou a agenda, que não levantou nenhum pozinho igual a gente costuma ver nos filmes. Sua agenda era muitíssimo utilizada, aberta de minuto em minuto. Ou será segundo?

– Então é isso. A minha agenda está lotada para brincar ou jogar algum jogo. Sinto muito. Mas quem sabe se você tentar mais pra frente... hã... hã... – ela reabriu a agenda, toda gentil. Foi virando as páginas, virando, até chegar lá no finalzinho. Na última folha. E fechou em seguida, balançando a cabeça, com pesar. – Não dá mesmo... Me procura no ano que vem, tá bom?

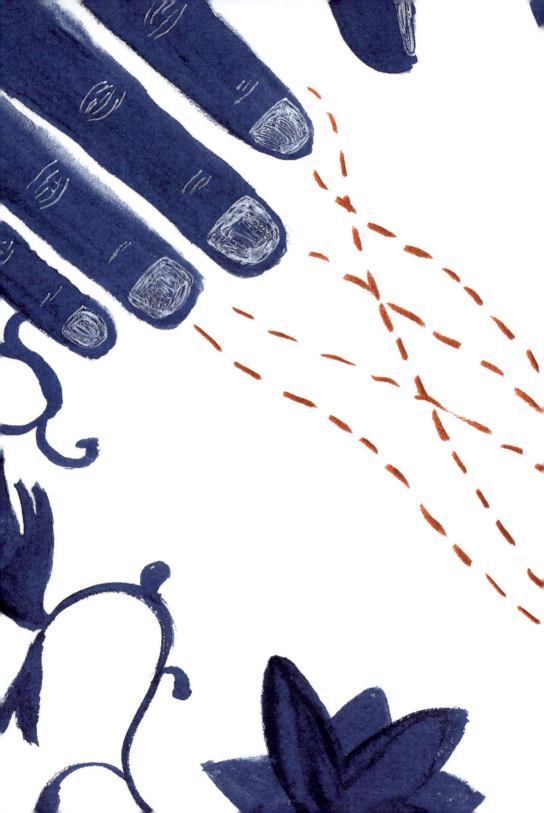

Parte 3

Sua vez

Ana Maria endireitou a coluna, esticou os dois braços para cima e enlaçou os dedos das mãos. Ainda nessa posição, inclinou lentamente o corpo para a direita e em seguida para a esquerda, alongando-se. Voltou o tronco ao eixo, abaixou os braços.

Espantou os pensamentos e tudo o mais que rondava a sua cabeça quando mirou o caderno. Ficou assim por um tempo, os olhos rentes na folha escrita, sem tomar qualquer atitude.

Depois, tal qual se faz numa roleta, girou a caneta que descansava sobre o caderno. A caneta deu duas voltas e parou. A tampa bem na sua direção.

– Agora é a sua vez!
– Minha vez do quê?
– De falar, ora essa!
– Quem disse que eu quero falar?
– Ah, não?
– Não.

A garota ficou em silêncio. Contava ou não contava? Contava ou não contava? Contava.

– Meu negócio não é falar. É escrever.
– Ah, é?
– É.
– E você escreve o quê?
– Ah, eu escrevo... – Ana Maria pensou um pouco. Ficou batucando o dedo indicador nos lábios. – Escrevo sobre tudo, ora essa!

Ela buscou os quadros na parede, fixando o olhar em um deles.

– Aquele desenho, por exemplo.
– Que é que tem?
– Posso escrever sobre ele, falar um monte de coisas...
– Você não disse que seu negócio é escrever e não falar?
– Ah, é modo de dizer! É de escrever que eu tô falando... Caramba! Você tá me confundindo! Melhor parar de ficar me enchendo de perguntas! Deixa que eu falo. Você só ouve.

– Tá.

– Hum… que mais…? Ah! Aquele sofá, por exemplo.

– Que é que tem o sofá?

– Só eu falo, esqueceu?

– Tá.

– Poderia descrevê-lo, ficar páginas e páginas fazendo isso. Quer dizer, parece meio exagerado, né? Deixa ver se consigo me explicar melhor… Não é que eu vá ficar falando dele, da cor do tecido, da textura do tecido, da altura, do conforto… tem mais alguma coisa pra se falar…?

– Bom…

– Chiu! Não é pra ninguém responder o que eu pergunto! Eu pergunto pra mim mesma, entendeu?

– …

– Bom, deve ter mais alguma coisa, sim. Mas acho que eu posso falar, quer dizer, posso escrever páginas e páginas sobre o dia em que ele chegou aqui nesta casa. Foi o primeiro a descer do caminhão. Pesaaado! Dois homens beeem fortes foram tirando ele de lá de dentro. E chegou aqui intacto! Nenhum rasgadinho. Ainda bem, minha mãe é exigente com as coisas, sabe? Tudo impecável. Dá só uma olhada na sala! Tá vendo aquele vidro imenso? Estava tudo embaçado quando chegamos, não dava pra ver nadinha de nada de tanto pó! Vê agora? O brilho?

Sempre gostei desse sofá. Desde que estava na outra casa. Mas não nessa posição, era outra, completamente diferente. O grande ficava debaixo da janela e o pequeno, o de dois lugares, na outra parede, perto da porta. Agora não tem nada debaixo da janela e os dois ficam se olhando de frente, cada um em uma parede. Num ponto, talvez tenha ficado melhor, pois quando a gente quer botar o nariz na janela e espiar lá fora não precisa ficar subindo em cima do sofá, não precisa subir em cima de nada. É só chegar, afastar um pouco a cortina e olhar.

Gosto de ficar olhando a rua, o movimento. Dá pra ver pela janela porque esta casa não tem muro alto, só uma gradinha baixa com um portãozinho no meio. Geralmente faço isso quando eu começo a escrever uma história e a história começa a desandar. História também desanda, sabia? A minha, principalmente. Deve ter alguém que faça história que só ande. A minha desanda na maioria das vezes. Preciso perguntar pra um escritor se isso é normal, porque se não for talvez eu tenha que desistir, abandonar esse negócio de escrever. Não posso ficar a minha vida inteira só fazendo histórias que desandem.

Então, o que acontece nesses momentos terríveis é que eu largo o caderno e a caneta de qualquer jeito, quando não jogo ela longe – às vezes, fica sujeira de borracha também porque tem dia que eu cismo que quero escrever só à lápis – e vou até a janela.

Mas não é sempre que eu consigo parar de pensar na minha história e ficar só observando a paisagem, os carros passando, garotos jogando bola, cachorros fazendo xixi – e isso é uma coisa que a minha mãe realmente odeia! – na grade do portão. Porque, às vezes, eu começo a pensar não só na minha história, como também na minha vida. E aí vira uma salada, uma bagunça, história, vida, vida, história, umas coisas tão sem pé nem cabeça, que eu acho que nada vai ter solução.

Nada.

Tipo quando eu me mudei.

Tipo quando eu e a minha mãe precisamos nos mudar da outra casa para esta aqui, um pouco menor, o aluguel mais barato, porque agora só ela é quem trabalha. Um dia vou trabalhar também, mas por enquanto eu não posso porque ainda não tenho idade.

Minha cabeça vive com tanta coisa engalfinhada que às vezes acho, sinceramente, que vai ser o caos! Que eu não terei salvação de jeito nenhum, pobre de mim. Que ninguém se importa comigo mesmo, claro, e que daqui pra frente, serei só eu e o meu caderno, fiel companheiro de todas as horas, amargas ou não, felizes (felizes?) ou não.

É, meu caro. A vida é assim mesmo. Cheeeia de problemas. Cheia de...

Mas o que que é isso? De novo?

Já tô começando a achar que é de propósito!

No dia da mudança

Logo que Ana Maria pôs os pés na calçada, abraçou forte o caderno, sentiu na pele aquele sol de verão, olhou para cima, para baixo e deu de cara com um garoto, ela ficou tão nervosa, mas tão, que entrou correndo em casa feito uma completa maluca.

Ninguém sai numa disparada repentina dessas a não ser que tenha visto um fantasma. Ou então algo muito impressionante. Era esse o caso. O último.

– Cuidado com o... Ana Maria! – a mãe girou o pescoço para trás, no momento em que ouviu os passos destrambelhados da filha. Em seguida, voltou-se para o homem do caminhão. Fez um sinal para ele, a mão direita espalmada, indo aos soquinhos para frente e para trás. – Só um minutinho, moço!

E entrou também.

Ana Maria estava sentada no final do corredor, encostada na parede, agarrada ao caderno. Fátima achou aquela cena tão estranha!

— O que é que você está fazendo aí, Ana?

— Nada.

— Nada? Sai desse escuro, menina! Se quer ajudar, aproveita e vai abrindo as janelas para entrar um ar. Nossa... Está um cheiro nada agradável aqui... Também, o moço da imobiliária disse que a casa ficou fechada durante mais de um mês! Que sorte nós tivemos, não filha? O preço do aluguel é bom, o bairro é bom, e a vizinhança...

— Vizinhança?

— Parece boa. Sei lá, nem falei direito com ninguém ainda, só cumprimentei umas pessoas rapidinho, mas me pareceu, sim. Não pareceu pra você?

— O quê?

— Uma vizinhança boa.

— Ah...

— Ana! Você está tão esquisita, menina! Aconteceu alguma coisa? Dor de cabeça? Dor de barriga? — a garota ia girando o pescoço, negando tudo. — Já sei, então! É aquela bendita dor nas costas! Está com dor nas costas de novo? Eu já te falei, Ana, você precisa corrigir a postura, porque senão...

— Não tenho nada, mãe. Nem dor de cabeça, nem dor de barriga, nem dor nas costas. Tá tudo bem comigo. Não precisa se preocupar.

— Então, vai abrindo as janelas. Precisamos respirar, minha querida! Respirar uma vida nova. Eu vou lá fora.

Ana Maria respirou junto com mãe, fazendo que sim com a cabeça. Foi até o primeiro quarto, abriu a janela. Olhou para fora. Um corredor estreito, um cimento trincado, mato saindo por baixo dele. Fez o mesmo com o segundo. Igual. Reparou dentro do quarto agora, no teto. Antes de anoitecer, a mãe precisaria ir ao supermercado comprar lâmpadas.

Foi até a sala. Ficou procurando o lugar onde abria aquele janelão. Achou. Puxou uma folha da janela, escutou um gemido. O trilho deveria estar meio enferrujado. Ou bastante. Puxou a outra. O mesmo som.

As duas folhas abertas, bateu um vento! Uma ventania, melhor dizendo. Era isso o que estava faltando naquela casa, pensou. Vento. Até os imóveis precisam respirar.

Ana Maria estava pensando nessa coisa de casa respirar, imaginando as janelas sugando o ar feito as narinas das pessoas quando – brincando em frente à janela de respirar fundo, de deixar os braços distantes do corpo, movendo-os molemente numa espécie de dança – deu de cara com o garoto outra vez. Na calçada. E de novo olhando para ela!

Que vergonha, que vergonha. Por que ela tinha de bancar a boba, de bancar a bailarina? Que papel ridículo! Que é que o garoto iria pensar? Primeiro, ela olhava para ele e saía correndo feito uma louca; depois, dançava na frente da janela ao som de nada. Pronto! Já estava feito! A menina da casa que esteve fechada durante um tempão era doidinha de pedra! Birutíssima! Nem cheguem perto dela, nem! Melhor chamar logo uma autoridade e expulsá-la imediatamente dali! Imagine, tanta gente esquisita nesse mundo e agora até naquela rua que antes era um sossego só.

Ana Maria ficou tão sem graça e chateada, querendo que o chão se abrisse para ela cair dentro ou que então desaparecesse através de uma passagem secreta, que saiu feito um foguete da frente da janela.

E jurou que não apareceria nunca mais.

O espelho

O dia seguinte foi um sábado e Ana Maria saiu bem cedo com a mãe, pois precisavam fazer mil coisas. A mãe ia falando, falando tudo o que elas tinham de fazer, todos os lugares por onde tinham de passar. Ana Maria ficava cansada só de ouvir. E esquecia completamente em dois minutos.

Mas a mãe, não. Parecia ligada na tomada. Não sabia como ela conseguia acordar cedo e ficar tão disposta ao mesmo tempo. Ana Maria achava que uma coisa absolutamente não combinava com a outra. De jeito nenhum.

Quando a mãe foi acordá-la cedinho, pediu mais meia hora de sono.

– Não.

– Quinze minutos.

– Não.

– Cinco.

– Ana! A gente tem um monte de coisas pra fazer, minha filha! Depois não dá tempo!

– Que tanta coisa você precisa fazer tão de madrugada?

– Eu já disse! Compras pra nossa casa! A gente precisa deixar tudo bem bonito e aconchegante.

– Prefiro ficar aconchegada aqui. Debaixo da coberta.

Fátima puxou a filha pelos tornozelos, Ana Maria desceu escorregando, embolando o lençol. Só estava na cama metade da Ana Maria, a da cintura para cima, pois os pés e os joelhos já tinham tocado o chão.

– Vamos logo. Você tem um minuto.

Tomaram o ônibus e foram ao centro da cidade. A primeira loja em que a mãe entrou foi uma que vendia material de construção, produtos para decoração, algo do gênero.

Ana Maria ficou olhando a loja inteira, perdendo-se entre pisos, azulejos, pias, armários...

– O que você vai comprar aqui?

– Eu já não falei?

Deveria ter falado, sim. Mas tinha falado tanta coisa junta que...

– Um espelho, Ana! Não podemos ficar com aquele espelho horroroso no banheiro. A imobiliária deveria ter-nos feito o favor de tê-lo tirado de lá. Não quero olhar para ele nem mais um dia! Vamos – ela apontou. – É por ali.

Um vendedor apareceu e ficou conversando com Fátima. Ana Maria se distanciou um pouco, andando devagar, observando. Nunca tinha visto tantos espelhos juntos, de todos os formatos e tamanhos, alguns inclusive com detalhes coloridos.

Foi até um com a borda vermelha. Parou em frente. Engraçado. Sentiu-se como se fizesse parte de um quadro com moldura e tudo. Virou o rosto para cá, para lá. Olhou ao redor para ter certeza de que ninguém assistia à sua performance – não faria outra vez papel de boba – e projetou uma pose de artista.

– Você parece seu pai.

– Jura?

– A-hã.

– Bom, algumas pessoas dizem, mas... não sei... – ela meneou a cabeça, querendo parecer encabulada. – Acho que é o nariz, a boca...

– Não, não. São os olhos.

– Será?

– Sim.

Ana Maria chegou mais perto. Mais perto. Piscou devagar. Tinha os olhos castanhos, os cílios longos. O pai também. A mãe não, os cílios dela eram bem curtinhos e por isso vivia passando maquiagem para alongá-los. Ela sempre lhe falava: Nossa, Ana! Você nunca vai precisar usar rímel. Olha só o tamanho desses cílios! Quando era pequenininha, sempre um cílio entrava dentro do olho. Você vinha meio chorona reclamar que tinha caído um cisco. Quando eu ia ver, que cisco que nada! Era um cílio que tinha entortado e ido parar lá dentro. Então, eu mexia com jeito, devagarzinho, com a pontinha do cotonete e imediatamente ele voltava pro lugar. Você puxou a seu pai. Seu pai é tão bonito, né? Tem uns olhos... Fico contente que tenha puxado aos olhos dele. Você é tão linda, filha! Linda que nem ele é...

Ana Maria piscou de novo, mais devagar. Encontrou à sua frente o espelho de borda vermelha. A pose de artista tinha desaparecido, pelo menos daquele artista que vive entre o glamour e os holofotes e está sempre sorrindo, sempre feliz dando uma entrevista atrás da outra sem cansar nunca.

Sua fisionomia já não era mais a mesma. Era como se agora tivesse encarnado outra personagem. Triste. O peso da tristeza marcado em toda a face: testa, bochechas, boca, olhos. Principalmente os olhos. Quase água lá dentro. De uma hora para outra, Ana Maria trocara de máscara porque a personagem a ser representada também havia sido trocada. Não era assim que acontecia nos teatros de antigamente? Lá na Grécia antiga? Uma professora ensinou, até confeccionaram as máscaras, elaboraram uma peça – a maior parte escrita por ela! – e a representaram na escola. Os pais assistindo. Será que eles sabiam mesmo quem era quem?

Quando os aplausos cessaram, o pai e a mãe vieram correndo abraçá-la, dar-lhe os parabéns.

– Que menina talentosa! – José Luís chegou dizendo.

– Mas você sabia que era eu? – Ana Maria perguntou, os olhos grandes no pai.

– Mas é claro que eu sabia!

– Verdade?

– Juro!

Ana Maria piscou e piscou, reencontrando-se outra vez no espelho.

Ouviu o chamado da Fátima, parece que ela já fizera a escolha, só faltava agora saber a opinião da filha, se gostava também.

Não era o de borda vermelha. Era um mais simples, sem borda nenhuma.

Ana Maria tirou a máscara de menina triste e foi encontrar-se com a mãe.

A Feira

Bateu uma fome e bem nessa hora as duas estavam perto de uma feira.

– Que delícia! Lá deve ter pastel.

– Está com fome, Ana?

– Morrendo!

– Então, vamos lá.

Andaram mais um pouco, atravessando a praça. Era gente vendendo verduras, legumes, panelas, roupas, cacarecos, apetrechos mil. E a banca de pastel.

Ana Maria pediu um pastel de palmito – adorava palmito – e um refrigerante. Fátima a acompanhou, também tinha ficado com fome de tanto andar para lá e para cá. Ainda bem que já tinham feito tudo e, depois do pastel, finalmente poderiam voltar para casa.

Fátima não via a hora que isso acontecesse. Não só para descansar, cair debaixo do chuveiro, pôr uma roupa confortável, ficar descalça pela casa e pelo jardim – jurou que se desse tempo arrancaria todos os matos. Não via a hora porque estava muito, mas muito entusiasmada com a casa nova. Queria arrumar, pôr na parede os quadros trazidos da outra casa, mexer no tecido da cortina comprado havia pouco, ajeitar os armários da cozinha, trocar a torneira da pia, pendurar o espelho no banheiro, colocar os lustres novos, mexer no guarda-roupa. Ufa! Era bastante arrumação. Mas não tinha importância. Tudo aquilo estava lhe fazendo bem.

Ana Maria deu o último bocado e tomou o último gole de refrigerante. Limpou a boca no guardanapo, as mãos, e disse:

– Vamos?

Foram andando pelo corredor das barracas, ouvindo gente oferecendo laranja, explicando as vitaminas da acerola, dando receitas com abobrinha, oferecendo o melhor preço, o maior desconto se a pessoa levasse isso mais aquilo, mostrando um vaso.

Ana Maria parou. Puxou a mãe pelo braço, que continuava o caminho distraída. E de tão distraída quase nem percebeu, Ana Maria precisou dar-lhe outro cutucão.

Aí, sim.

– O que é? – perguntou Fátima.

– Olha.

– O quê?

– Ali! – a garota apontou.

Uma banca, vários enfeites. De cerâmica, de resina, alguns fabricados com materiais que nem dava para se saber ao certo.

– Quer chegar, freguesa?

– Bom... – a mãe murmurou.

– Tá tudo bem barato, pode escolher. São peças legítimas, de artista.

Fátima não falou nada. Só Ana Maria:

– Eu quero o vaso.

O parque

Uma vez, quando Ana Maria era pequena, seu pai a levou a um parque de diversões que acabara de se instalar na cidade. Na verdade, parque e circo, já que ambos foram armados em terrenos que ficavam lado a lado. Isso era bom porque a programação daquele sábado poderia ser dupla: primeiro assistir ao espetáculo do circo, depois brincar no parque.

Ana Maria andou na roda-gigante, no carrinho bate-bate, no carrossel, mas tinha um brinquedo que queria porque queria ir. Estava maravilhada pelo tamanho, pelo colorido e pela alegria das pessoas que desciam gritando em um tapete naquele escorregador gigante, quase aos pulos, claro, pois quem é que conseguia ficar sentado direito num escorregador cheio de lombadas? Você descia e subia, parecia até que o tapete queria voar! Que maravilha!

– Eu quero ir nesse aí!

– Mas você é muito pequena, Ana. Não vai conseguir descer sozinha.

– Então, você desce comigo.

– Eu?

– Claro! Só estamos nós dois aqui! Quem mais?

– Hum… – José Luís coçou a cabeça. – Sabe o que é… Acho que eu tenho medo.

– Medo, pai? E desde quando pai tem medo de alguma coisa?

– Mas é claro que tem.

– Tem, nada.

– Tem, sim.

E ficou nesse tem nada, tem sim durante uns cinco minutos, até que Ana Maria o convenceu.

– Tá bom, tá bom. Vamos uma vez. Uma só!

José Luís pegou o tapete, na verdade um saco, e subiram pela escada lateral. Ana Maria na frente, o pai atrás. Quando chegaram lá no alto, a menina achou que nunca tinha chegado tão lá em cima de algum lugar.

– Nooossa!

– Quer desistir, Ana?

– Eu, não!

A pessoa que tomava conta da parte de cima ajudou a arrumar o tapete bem na beiradinha. Aquilo estava liso feito um sabão! O pai sentou primeiro e depois a filha, que se encaixou na frente dele.

– Está segura aí?

Ela balançou a cabeça, sorridente, querendo dizer que sim.

O moço falou que José Luís poderia se soltar e então ele se soltou. Passaram pela primeira lombada, pela segunda, na terceira o tapete entortou um pouco, mais um pouco na quarta, na quinta já estava completamente desgovernado, e aí os dois desceram, agora eles próprios desgovernados, rolando e rolando feito um cilindro até chegar na parte térrea, onde se arrastaram um pouco mais até perder a velocidade e parar completamente.

O pai levantou o mais depressa que pôde, zonzo ainda, e pegou a filha no colo, nem precisou perguntar se ela estava bem porque viu que ela tinha ralado os cotovelos, braços e joelhos. Ele também estava ralado.

Ana Maria viu aquilo, aquele esfolado vermelho, e começou a chorar. Tinha sido mais o susto do que qualquer outra coisa, mas quem disse que a menina parava de chorar?

– Quer sorvete?

– Não!

– Pipoca?

– Não!

– Algodão-doce?

– Não!

– E se a gente fosse na barraca da argola?

– Barraca da argola?

– É. A gente joga a argola assim, ó, e pega o prêmio.

Ana Maria deu um suspiro.

– Tá.

Chegando lá, Ana Maria ficou encantada com uma boneca. Que coisa mais linda, que boquinha perfeita, que vestidinho maravilhoso!

– Eu quero aquela!

– Então, você tem que jogar a argola e acertar naquela caixinha de fósforo.

– É fácil.

– Então, vai.

Ana Maria jogou uma, caiu no chão. Jogou outra, também. Mais uma. Nada.

– Mas é muito difícil!

– Deixa eu tentar.

Ana Maria passou as argolas para o pai.

José Luís jogou uma, caiu no chão. Jogou outra, caiu do lado. Jogou a última e caiu certo, envolvendo a caixa de fósforo.

– Eba!!! – Ana Maria começou a pular. – Eba, eba, eba! – e abraçou o pai. – Ganhei! – o moço tirou a argola da caixinha. – Que legal! – e pegou um vaso azul e entregou para a menina.

Ana Maria parou na mesma hora. Fechou o sorriso.

– Que é isso?

O moço respondeu:

– Seu prêmio.

– Mas eu não quero esse. Eu quero a boneca!

– Mas o número da boneca é outro e você acertou o número do vaso.

– Mas eu não quero o vaso, eu quero a boneca! Eu quero a boneca! – e armou o maior escândalo, a maior choradeira.

José Luís pegou o vaso das mãos do moço, agradeceu, e foi puxando a filha pela mão.

– Eu quero a boneca, eu quero a boneca!

– Ana, o moço tem que entregar o prêmio certo...

– Esse prêmio é o errado, o prêmio certo é a boneca!

– Eu compro uma boneca pra você, mas aqui você vai ter que se contentar com o vaso!

– Não vou!

– Vai, sim.

– Não!

– Sim!

Ana Maria olhou para cima. O pai olhando para baixo. E ela teve a certeza de que ele falava sério.

Parou de chorar, as lágrimas secaram, mas não desmanchou a cara emburrada. Pelo contrário, fez questão de mantê-la assim.

Foram andando de mãos dadas, atravessando o parque devagar, em silêncio.

O pai carregando o vaso.

Só ouvindo a música do alto-falante, a gritaria das pessoas nos brinquedos.

– Conheço este vaso.

– ...

– Vi nos livros de História.

– ...

– É bem raro.

– ...

– Tem gente que daria a vida para conseguir encontrá-lo. Sabe os arqueólogos? Li num livro uma vez. Eles ficam dias, meses, anos até, procurando uma raridade, um objeto de alguma civilização antiga. Este aqui... – o pai soltou-se da filha, segurou o vaso com as duas mãos e foi virando a peça para todos os lados. Franziu as sobrancelhas, diminuiu o tamanho dos olhos, trouxe o vaso para mais perto do rosto, mais perto, até que falou: – Eu sabia!

– O quê?

– Raríssimo, minha filha, raríssimo!

– Por quê? O que você achou aí?

Ele se abaixou para ficar do tamanho dela.

– Veja você mesma.

– O quê? Eu não tô vendo nada...

– Esta inscrição aqui! Chegue mais perto – a menina foi botando a cara, quase esfregando o nariz – é chinesa e, pelo jeito, este vaso deve ter mais de um século!

Ana Maria arregalou os olhos.

– Mais de um século?

– Por aí.

– Puxa...

Ela pegou o vaso das mãos dele feito uma preciosidade. Ficou em silêncio, pensando, digerindo aquela impressionante informação. Depois falou:

– Pode deixar, pai, eu levo com cuidado.

No ônibus

Foi muito difícil entrar no ônibus com os dois braços, ou melhor, os quatro braços carregando tantas compras.

– Licença, licença... – e a mãe foi passando espremida, Ana Maria vindo atrás.

Lotado. Fátima mirou a filha, exausta:

– Acho que pegamos o ônibus no pior horário.

Ana Maria fez que sim com a cabeça, também estava cansada.

– Vamos ter que ficar em pé – a mãe avisou.

Mas o moço do banco da frente, quando virou para trás e viu aquelas duas abarrotadas de coisas, levantou-se.

– Pode sentar aqui, senhora.

Um tempo depois, uma mulher com uma sombrinha que mais parecia uma bengala de tão comprida, uma mão sobre a outra descansando no cabo, preparava-se para descer. Ana Maria aproximou-se, ficando ali do lado. Até que se sentou também.

Melhor sentada, ela pensou, bem melhor. Deixou uma das sacolas da mãe no chão, presa entre seus dois pés, e pôs o vaso no colo, com jeitinho. Segurou firme. Virou a cabeça, olhou pela janela. Virou de novo, olhou para o vaso. As duas mãos sentiram melhor a presença do objeto, os sulcos na cerâmica. Ficou tateando, tateando, por um momento dispensando a visão, só sentindo. Assim que se sente uma pessoa que não enxerga? Fechou os olhos para parecer mais real e continuou o toque. Sim, aqui havia um desenho, uma folha talvez. Não, não era uma folha, talvez não fosse nada específico, só uns arabescos, um riscado para não deixar aquele barro tão liso. O artesão precisava dar corpo a ele, então trabalhou o barro. Ana Maria sentiu a cor azul. Mas quem é que sente uma cor?, questionou-se. Sei lá, às vezes, cor tem cheiro. Compara-se com alguma outra coisa... o céu por exemplo. Mas o céu tem cheiro? Depende. E se está poluído? Mas não é o ar que fica poluído? Não, não. Esse não era o cheiro do seu vaso. E também não era o cheiro daquele outro. O do parque. Chinês. Legítimo.

– Mãe, mãe, mãe!
– Nossa, filha! Que é que foi? – a mãe perguntou lá da cozinha.
– Vem ver! Vem ver!

Fátima apareceu na sala, até preocupada, tamanha a gritaria que a filha já entrara fazendo. Parou assim que viu que a menina estava bem. Aparentemente, pelo menos. Não! Tinha uns esfolados no corpo inteiro!

– Minha nossa, Ana Maria! Que foi que houve?

A menina percebeu os olhos da mãe grudados nos ralados.

– Ah... não é isso... Não foi por isso que chamei você.

José Luís interveio:

– Não se preocupe, Fátima. Nós caímos do tobogã, mas está tudo bem.

– Meus Deus! – aí ela prestou atenção no marido. – Você também está machucado!

– Vocês dois querem me deixar falar?

Emudeceram diante da braveza da filha.

– Olha, mãe! – a menina ergueu o vaso. – Isso! É um vaso chinês, legítimo, do século passado! E eu ganhei na argola! Não foi uma tremenda sorte?

Fátima mirou o marido de esguelha. Ele lhe piscou um olho, um jeito malicioso que Fátima logo compreendeu.

– Hã... Vamos ver... – a mãe pegou a peça das mãos da menina com cuidado e ficou virando para um lado, para o outro... – Que beleza... Sorte mesmo, filha. Onde você quer pôr?

Ana Maria girou os olhos pela sala toda. Estante, mesa de jantar, mesinha de centro... Isso!

– Na mesinha de centro.

Fátima foi até lá e colocou o vaso. Ana Maria também foi e ajeitou a peça, mudando um milímetro de lugar:

– Assim fica melhor.

Ana Maria ainda estava de olhos fechados, tateando a peça recém-adquirida na feira, lugar por onde passara apenas para comprar pastel, quando o ônibus, devido a um carro que lhe cortara a frente, deu uma freada brusca.

E aconteceu tudo ao mesmo tempo: Ana Maria estatelou os olhos, o rosto ganhou máscara de espanto, o vaso deu um giro, desgrudando a base do colo da Ana Maria e caiu.

– Meu vaso! Meu vaso!

Fátima e José Luís correram para ver o que é que tinha acontecido e por que a filha gritava lá da sala tão desesperadamente.

Ela estava aos prantos. Inconsolável.

– Que foi, Ana?

De joelhos, ela soluçava, molhava o rosto, pegava caco por caco do chão, punha na palma da mão, da palma da mão para o tampo da mesinha.

– Quebrou meu vaso! Quebrou! Foi sem querer, eu juro! Fui passar aqui, passar correndo, enrosquei meu pé no pé do sofá e me desequilibrei! Caí em cima do vaso, o vaso caiu no chão e quebrou em mil pedacinhos! Olha! Olha!

– Você se machucou?

– Não machuquei nada, pai! O vaso é que tá machucado! Quebrado! O vaso chinês! Do século passado!

Pai e mãe se entreolharam. Fátima disse a José Luís:

– Agora você explica.

José Luís respirou fundo, abaixou-se, foi pegando na mão da filha, primeiro abrindo dedo por dedo que se fizera colado naquela palma pequenina, depois tirando aqueles cacos todos que ela tinha juntado e, num desespero, ia pondo em cima da mesinha. Limpou a mão da Ana Maria cheia de farelos e pó. Pegou no seu rosto molhado, encharcado, e disse:

– Ana. Eu falei aquilo... Bom, essa história de vaso chinês, do século passado... É que você estava tão chateada... – ele deu um suspiro. – Que difícil. – Outro suspiro. – Filha, esse vaso é, quer dizer, era um vaso comum, a gente encontra em qualquer lugar. Em loja, feira... Desculpa ter mentido pra você, não foi por mal. Vamos fazer o seguinte? Eu compro outro. Mais bonito que esse. Você escolhe.

Ana Maria ficou olhando o pai. Olhando. Já tinha parado de chorar.

– Não precisa comprar outro. Eu quero uma boneca.

Quando o ônibus deu aquela freada brusca e o vaso rodopiou, fugindo do colo da Ana Maria e indo direto ao chão, quer dizer, ao piso do ônibus, a garota sentiu que seu coração também fizera exatamente o mesmo. Tinha pulado tanto nessa hora que agora estava lá, juntinho do vaso.

Ela dobrou o corpo imediatamente, já prevendo o que não queria ver, já sofrendo tudo de novo, escutou inclusive o barulho dos pedaços, só não sabia quantos pedaços, se fossem poucos até daria para colar, pediria à mãe que comprasse no supermercado uma dessas colas superpotentes que colava até o pensamento! Mas, e se fossem muitos? Milhares de pedacinhos como daquela vez? O pai lhe dissera que não dava para colar, pois muitas partes tinham inclusive virado pó. Ficaria buraco. Horrível um vaso com buraco, com furo. Não. Não dava mesmo. Por isso foi para a lata do lixo.

Ana Maria botou os olhos no chão, o coração precisando voltar ao peito, ela não sabendo se isso seria possível ou não.

Ana Maria olhou o vaso.

Caído em cima da sacola que prendia entre os pés. Intacto.

Domingo

Fátima passou a tarde de sábado superatarefada tirando uma coisa de um lado, pondo no outro, mexendo, arrumando.

Ana Maria ficava ora no quarto, ora na sala ou ainda à mesa da cozinha, escrevendo. Às vezes, desligava-se do caderno e procurava a mãe com os olhos.

Havia um sorriso no rosto daquela que não cansava de ajeitar tanta coisa. De vez em quando, a garota escutava o assobio de alguma melodia. Qual música...? Procurou concentrar-se, tentando adivinhar, até cerrou os olhos por um instante. Não adivinhou. Mas ver a mãe feliz lhe fazia bem.

O domingo corria feito um bicho-preguiça. Ana Maria acordou perto da hora do almoço, almoçou, ajudou a mãe com a louça e em seguida ligou a televisão.

– Vou descansar um pouquinho lá no meu quarto, viu, Ana? Mais à tardinha a gente pode caminhar, o que acha?

A menina esticou os braços para trás, para além da almofada na qual descansava a cabeça, e não deu resposta, só um suspiro preguiçoso e uma risadinha leve.

Fátima antecipou-se:

– Depois a gente resolve.

E foi para o quarto.

Ana Maria enjoou da televisão, levantou-se do sofá e caminhou até a janela, afastando um pouco as cortinas. Deu uma espiada. Um jogo de bola na rua, bem em frente à sua casa. Reconheceu um dos garotos.

Quando é que iria falar com ele? Explicar que não era biruta nem nada, que naquela hora em frente à janela só estava brincando de imaginar e... Nossa. Piorou. Quem é que hoje em dia brinca de imaginar? Bom, escrever era um jeito de brincar de imaginar. Ou será que não? Ai, meu Deus! Quanta coisa pra perguntar pra um escritor!

Continuou olhando o garoto. Eram quatro, mas olhava sempre na direção de um só. Ele era tão bonito... Será que dava para fazer amizade, assim, já de cara? Ou era bom dar um tempo? Ver numa agenda? Bonito assim, claro que ele deveria ter uma agenda.

– Quer fazer amizade agora?

– Hum... Tem que ser agora?

– Não. Pode ser no ano que vem.

– Tá legal. Vou anotar aqui...

– Mas, se não der...

– Não, não, tudo bem. Eu anoto e já fica agendado. Melhor. Assim a gente não corre o risco de precisar transferir a amizade pro outro ano ainda.

– Aí fica longe, né?

– Ah, sim. Bem longe.

– Então, tá. Marca aí...

Mas bem aí, no momento em que voltou à realidade e olhou para fora com mais precisão, Ana Maria logo se deparou com o garoto lhe sorrindo.

E o que aconteceu a partir desse instante foi uma série de erros e – por que não dizer – constrangimentos. Isso porque o tal garoto, exatamente o tal garoto que levantou o braço e lhe fez um aceno, atrapalhou-se todo nos movimentos e errou o chute, o que fez com que a bola voasse alto, pulasse a gradinha da casa e viesse parar no meio do jardim, bem debaixo da janela da sala.

Ele ficou estático, seus três amigos também, todo mundo olhando, a própria Ana Maria, e ninguém movendo uma palha.

Não poderiam, os cinco, ficar a vida inteira com os olhos debruçados numa bola que tinha caído no jardim. Talvez o que aqueles quatro esperassem era justamente uma atitude por parte da Ana Maria que, afinal de contas, era a dona da casa.

Foi o que aconteceu.

– Pode deixar que eu pego! – ela gritou, nem sabendo como a voz tinha escorregado da garganta assim, lisinha e tão fácil.

Ana Maria saiu da janela, abriu a porta da sala, foi até o jardim, pegou a bola e aproximou-se da gradinha. O garoto também se aproximou.

– Oi.

– Oi.

E lhe passou a bola por cima da grade.

– Obrigado.

– De nada.

Ana Maria entrou e o garoto voltou para o meio da rua.

Improdutiva

Ana Maria passou a semana só pensando, escrevendo, apagando, amassando, alisando, jogando a caneta longe, pegando-a de volta. Nunca tinha visto uma semana tão, mas tão improdutiva.

Ana Maria chegava da escola mais tarde agora, uma vez que não tinha se mudado só de casa como também de bairro. Não era nada absurdamente longe, mas o suficiente para que se visse obrigada a voltar para casa de ônibus, e não a pé como antes. Também não conseguia mais se encontrar com a mãe na hora do almoço, pois quando chegava em casa, Fátima já tinha saído para o trabalho.

Então, ela almoçava sozinha, tirava seu prato, guardava a toalha, lavava a louça e depois de tudo feito voltava para a mesa da cozinha, só que agora carregando o caderno e o estojo.

Num determinado momento, disse a si mesma, uma certa empáfia na voz:

– Classificação dessa primeira semana depois da mudança: improdutiva.

Suspirou fundo.

– Im-pro-du-ti-va.

Ana Maria foi contando cada sílaba erguendo um dedo de cada vez e devagar, a começar pelo dedo mínimo.

– Cinco.

Fechou a mão. Abriu dedo por dedo de novo.

– O que mais pode ser cinco? Cinco dias, cinco horas, cinco...

Ana Maria ouviu um barulho que parecia ter vindo do banheiro. Virou o pescoço para o lado, tentando enxergar o corredor. Não dava para ver muito bem, por isso foi forçando as costas na cadeira, forçando, as pontas dos pés empurrando o chão, o apoio da cadeira somente nas duas pernas traseiras.

Imaginou-se caindo de costas, igual acontece nos filmes de comédia. Sempre que alguém tenta espionar alguma coisa, bum! Cai e se espatifa. Muuuito engraçado, pensou, azeda. Não estava para piadas.

Corredor vazio.

Retornou a cadeira ao lugar, retomou o pensamento.

– ...cinco estouros de rojão.

Outro barulho.

Intrigada, pôs o cotovelo sobre o encosto da cadeira, girando o tronco naquela direção, o cenho franzido:

– Tem alguém aí?

Silêncio.

– Já vou avisando que a gente não tem nada de valor aqui em casa, viu? Pode ir tirando o cavalinho da chuva, se você for um ladrão. Desiste.

Silêncio.

Ana Maria arrastou a cadeira e se levantou. Caminhou até o corredor, mas cessou os passos no começo dele, hesitando um pouco.

Um ladrão não passaria pelo vão do vitrô do banheiro, pois este era pequeno, estreito, e aquele barulho não era um barulho de quem estava quebrando o vidro ou algo assim. Deveria ser no vizinho, claro. Ou então um passarinho que trombou com alguma coisa e caiu bem no seu telhado.

Satisfeita com as próprias deduções, continuou a caminhar. A porta do banheiro semiaberta. Por via das dúvidas, decidiu seguir com cautela. Bateu a mão empurrando a porta completamente até que ouviu a maçaneta chocar-se contra o azulejo.

Vazio.

Foi até a pia, lavou as mãos, o rosto, achou bom molhar o rosto, pois sentia-se sonolenta. Desde o ônibus. Aquele vaivém, buraco, buraco, semáforo fechado, aberto, gente descendo, subindo e um sol a pino que lhe deixava o corpo totalmente mole. Sentiu-se mais desperta depois que almoçou e lavou a louça, porém o sono vinha querendo bater de novo agora e ainda nem tinha feito a tarefa de Matemática, sempre deixava por último a Matemática, botava o Português na frente e, se não havia tarefa de Português, ela mesma arranjava porque aí se concentrava em seu texto. Seu texto, com seus parágrafos começados e não terminados. Terminaria algum dia? Boa pergunta.

Enxugou o rosto na toalha, foi erguendo a cabeça devagar, bem devagar, até encontrar o espelho. Deixou apenas os olhos para fora do tecido branco e felpudo.

Respirou fundo.

Piscou.

– Vai logo, Ana Maria! Preciso tomar banho também!
– Espera, pai! Tô desembaraçando o cabelo!
– Desembaraça no seu quarto!
– Mas o meu creme de cabelo tá aqui!
– Leva pro seu quarto!
– ...
– Ana!
– ...
– Ana!

Ana Maria abriu a porta de uma vez. Sorriso nos lábios, fios de água escorrendo pelas costas, a menina só enrolada na toalha.

– Pronto, pai.
– Hum... Você está cheirosa...
– O meu creme que é cheiroso, pode usar se quiser.

Ao abrir os olhos que estiveram cerrados por um tempo – talvez para não deixar a lembrança escorrer feito a água que molhava suas costas naquele dia – Ana Maria reencontrou o espelho.

Tirou uma das mãos da toalha, a direita, e foi pegando um punhado de cabelo, levando-o lentamente até o nariz. Aspirou fundo, bem fundo. Mas não sentiu o cheiro. Que creme seria aquele...? Qualquer um, de supermercado mesmo, não era nem nunca fora ligada em marcas de cremes, shampoos ou hidratantes para o corpo. Simplesmente, não prestava atenção.

Quase conseguia sentir o cheiro daquele cabelo molhado. Quase conseguia sentir o cheiro daquela tarde. Ela e o pai. Faltava tão pouco para sentir, tão pouco, mas, mas...

– ...cinco amigos que soltaram um rojão. Ou seja, cinco rojões, um atrás do outro, pipocando num parque de diversões. Carrossel, roda-gigante, tobogã, trem-fantasma... Isso. Máscaras assustadoras no trem-fantasma. De medo. De morte. Venham, venham todos! Comprem o bilhete para o seu último passeio, seu último, mas maravilhoso e aterrorizante passeio. Garanto que não vão se arrepender. Senhores passageiros, escolham um vagão e subam!

Ana Maria vestia a máscara de bilheteira do trem. Esguia, postura impecável, uma das mãos para trás. Nada de ficar encurvada para parecer mais baixa, viu Ana Maria? Altura boa você tem, menina. Perfeita!

– Senhor... senhora... Por aqui, por favor...

Trem-fantasma

Quando pai e filha entraram no trem-fantasma, engancharam o cinto e o funcionário abaixou a gradinha de segurança, imediatamente José Luís armou a maior cara de desgosto. Desabafou:

– A gente se mete em cada uma...

Ana Maria franziu as sobrancelhas:

– Por quê?

– Detesto esses brinquedos, Ana! Não sei por que cargas d'água vim parar aqui.

– Pai. Eu não acredito que você tá com medo do trem-fantasma.

– A-hã.

– Pai! É tudo de mentirinha, não sabe, não?

– Claro que eu sei.

– Então?

– Filha, esse vira pra cá, esse vira pra lá... me dá um enjoo!

– Só não vomita em cima de mim.

– Engraçadinha...

– O tobogã não vira pra cá e pra lá e você também não queria ir, lembra?

– Por que será, hein?

– Ah, pai... Isso já faz tempo! Olha aqui – ela mostrou o cotovelo. – Nem ficou cicatriz.

– Ainda bem, né?

– Pai...

– Ahn.

– Por que você tem medo de tudo?

– De tudo, não. Só desses brinquedos malucos...

– Você é pai, e um pai não pode ter medo de nada.

– Quem disse?

– Eu.

– Ahn... E baseada em que você acha isso?

– É... Bom... Sabe a Juliana? Da minha classe?

– Sei.

– O pai dela não tem medo de nada, tá sempre viajando, até de avião!, você disse que morre de medo de viajar de avião, e também ela viaja de navio, navio você também tem medo e de trem... bom, trem-fantasma, sim. Nossa, a Juliana tem uma sorte! Mas uma sorte! Lá na escola todo mundo gosta dela. Também! Ela é linda, rica, corajosa... Perfeita!

– Filha, eu acho...

– Ih, pai! Segura aí que já começou...

– Minha Nossa Senhora... Agora vai.

Ana Maria ria da cara do pai, achava tudo muito engraçado. Quando o trem foi engolido pelo túnel, e ambos se viram no completo escuro, ela gritou. José Luís fechou o olho. Coisa mais estranha do mundo é um pai fechar o olho porque tem medo de meia dúzia de caveiras, meia dúzia de fantasmas, meia dúzia de machados caindo rente à cabeça.

Todo ano ele achava de ter medo de algum brinquedo porque todo ano Ana Maria o carregava para o parque. Era só o dito cujo se instalar na cidade, que ficava louquinha para ir. Nem sempre a mãe ia junto porque aproveitava o passeio dos dois para botar a casa em ordem. Sábado é assim, Ana. Já viu. A bagunça da semana inteira tem que ir embora para dar lugar à ordem, à organização. Depois vocês me contam tudo. Divirtam-se!

Começou a chover.

E a trovejar.

Bem na hora em que aquelas duas botaram os pés no primeiro degrau da escada, na saída do trem-fantasma.

– Ih... Chuva justo agora?

Raios e raios.

E o céu preto.

– Vamos nos esconder!

– Onde?

– Dentro do trem.

– Nós vamos voltar pra dentro do trem?

– Fica quieta e me segue.

Trovão. Trovão.

Um breu.

– Anda perto de mim, assim você não se perde.
– Tá legal.

De repente, outro estouro. Este ainda mais alto que o trovão. Um susto imenso, a pele arrepiada, nunca na sua vida tinha visto tanto pelo eriçado desse jeito, nunca. Nem num dia de muito frio. Nem numa noite gelada, sem lareira, sem fogueira ou um chazinho para esquentar. Era um frio que vinha de dentro. Do fundo da alma, achou.

– Que foi isso?

Mal deu tempo de terminar a pergunta, elas ouviram outro estouro. Não. Estrondo descreveria melhor. Em seguida, mais três.

– O túnel explodiu! Explodiu com a gente aqui dentro e fechou a passagem! Esse trem subterrâneo... E agora? O que é que a gente faz?

– Sei lá!
– Como, sei lá? Foi você que teve essa ideia de jerico.
– Engraçado. Meu pai que fala isso.
– Seu pai não sabe de nada!
– Mas é claro que sabe!
– Medroso é o que ele é.
– Medrosa é você! Fica quieta e pensa numa saída ou a gente vai ficar presa aqui pra sempre!
– Ah, essa não!
– Quem é a medrosa mesmo?
– Ai, ai, ai... E agora? E agora?
– Eu fico aqui numa boa.
– Aqui dentro?
– A-hã.
– Com esse monte de gente morta?
– São máscaras, sua tonta. Não tá vendo?
– Aquela lá não parece. Veja! Tá vindo aqui, na nossa direção! Eu vou é me mandar!
– Eu fico.
– O quê?

– Tô dizendo que eu fico.
– Para com isso, vem comigo!
– Não.
– Vem!
– Não!
– Tem alguém vindo pra cá, olha! Devagar, quase se arrastando… É um morto-vivo! Um morto-vivo!
– Para de gritar, Juliana! Você quer me deixar surda?
– Para você de agir feito uma lesma morta! Me tira daqui, Ana Maria! Você que teve essa ideia de jerico e agora…
– Para de falar igual ao meu pai, tá bom? Você já não tem o seu? Por que não imita ele?
– E eu lá preciso imitar os outros? Eu sou mais eu, meu bem.
– Perfeita.
– Claro.
– Corajosa.
– A-hã.
– Então, fica aí enfrentando esse monte de gente morta, como você mesma disse. Fica aí que eu quero ver. Tá tremendo, é? Cadê a sua coragem agora? Cadê? Pensa que é fácil ser corajoso? Pensa que é fácil enfrentar a morte? É fácil falar, eu sou corajoso, isso tooodo mundo fala. Isso todo mundo adoooora falar. Vai, Juliana. Fala que você não tá com medo. Que você olha pra essa gente, olha à sua volta, vê todo mundo usando a mesma máscara de pavor sem sentir absolutamente nada. Duvido! Confessa que tá apavorada, confessa! Você só sabe andar de avião, de navio, você só sabe abrir a sua agenda e anotar todos os compromissos da sua vida, mas… mas você não sabe, viu Juliana?, você não sabe ser corajosa. Pode pegar a sua vida perfeita e sumir da minha vista. Porque a minha vida não é perfeita em nada. Porque todos os dias eu acordo, penso, penso, choro e lembro, e então eu tento escrever e sai tudo uma porcaria. Porque eu acho que esqueci como é que se escreve. Porque tudo quanto é história que eu começo acaba assim, misturando a minha

vida com a história e eu não sei mais não misturar e eu queria muito saber. Só que isso não dá mesmo porque agora eu nem tenho mais pai pra perguntar, só tenho mãe, mas a minha mãe não tem medo de nada, então como é que ela vai me entender? Meu pai iria, tenho certeza, porque ele me disse uma vez, olha só o que ele disse, que o medo é uma coisa boa. Acredita? Se não fosse o medo, filha, nós não sobreviveríamos. É o medo que nos alerta para os perigos. É a lei da sobrevivência. Maldita lei da sobrevivência! Por que o meu pai não sobreviveu?

Parede

Ana Maria apertou a caneta bem forte.

E vuuuuummmm!

Direto na parede.

Cruzou os braços sobre a mesa, deitou a cabeça e fechou os olhos. Ficou assim por um tempo, pensou até que tivesse cochilado. E sonhado. Gostava de sonhar, mesmo quando sonhava demais e acordava cansada. Sonho também cansa, sabia? Cada sonho maluco. Quando conseguia se lembrar, a primeira coisa que fazia era contar para todo mundo, já no café da manhã.

Às vezes, ninguém acreditava, tamanha a birutice. Aí o pai contava algum sonho maluco também. Como, por exemplo, que estava voando. E a Fátima dizia que aquilo não era maluco porque todo mundo já sonhou algum dia na vida que estava voando.

Ana Maria ergueu a cabeça, apoiou os dois cotovelos na mesa e descansou o queixo nas duas mãos. Deu um suspiro profundo, o ar passou de volta pelas narinas fazendo barulho.

– Nunca sonhei que estava voando… Será que eu não sou normal?

Dois minutos depois, ela se levantou da cadeira para buscar a caneta perto da porta da sala.

Foi quando aconteceu de novo.

Ô menino que chutava mal.

– Eu pego!

Ana Maria abriu a porta, pegou a bola e aproximou-se da gradinha do portão.

– Obrigado.

– De nada.

Ana Maria olhava o garoto e conversava consigo mesma: mas vai ser só isso de novo? Caramba! Acho melhor eu falar alguma coisa... alguma coisa...

Então, ouviu:

– Como é que você se chama?

Ela respondeu, já perguntando:

– Ana Maria. E você?

– Sérgio. Mas todo mundo me chama de Serginho, pode me chamar assim também.

– Tá legal.

– Eu vi você no dia da mudança.

– É?

– A-hã.

– Engraçado... – ela forjou a maior cara de pau de sua vida – Sabe que eu nem reparei?

– Pensei que tivesse me visto.

Ana Maria sentiu o rosto ficar vermelho, quente como se estivesse diante de um fogaréu. Também o coração mudou de ritmo. Entretanto, ela respirou fundo e procurou manter a calma. Quando você entra num palco para representar, a primeira atitude é manter a calma e respirar fundo. Esqueça o público, esqueça os demais atores e concentre-se. Sempre respirando.

Ana Maria colocou a máscara de quem não estava nem aí para a coisa. Alguém assim bem superior, que não se abala nunca com nada, nem um fiozinho de cabelo sai do lugar, nenhuma ruga de preocupação. Uma cara feita de plástico.

– Ah, não! Tenho certeza que não. Minha mãe estava tão atrapalhada com a mudança, que eu fiquei ali, atrapalhada também, tentando ajudar. Você não conhece a minha mãe. Ela é toda organizada, tem ciúme de umas coisas, você nem imagina!

– Eu vi mesmo ela pedindo pros homens do caminhão tomarem cuidado com tudo... Acho que ela estava mais preocupada com o sofá, porque ela falou mais de uma vez: "cuidado com o sofá!" – Serginho fez uma voz diferente, como faz alguém que precisa dar um aviso importante. Depois, relaxou e sorriu. Ana Maria também se sentiu mais relaxada.

– Minha mãe a-do-ra aquele sofá. Adora. Foi o meu pai que escolheu.

Nesse instante, um gritou: chuta a bola, Serginho!, ele deu uma olhadinha para trás, balançou a cabeça dizendo que sim e depois voltou-se para Ana Maria dizendo tchau.

Ela também disse.

Aí entrou.

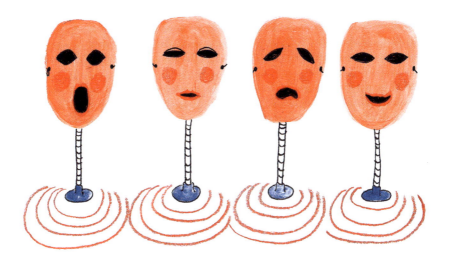

Gripe

Ana Maria pegou uma gripe danada e ficou de cama um dia inteiro. Haja paciência. Além de não conseguir escrever muita coisa, ainda tinha de faltar na escola e ficar à toa, deitada no sofá ou na cama. Um tédio. Ainda se pudesse ficar à toa, mas um à toa dinâmico, ou seja, andando por aí tentando arranjar o que fazer, vá lá. Mas não. O corpo pesava uma tonelada, mal conseguia erguer as pernas. Doía tudo. E tinha febre.

A televisão estava ligada no mesmo canal que a mãe havia deixado na hora do almoço, antes de sair para o trabalho. Também deixara uma coberta ao pé do sofá, para o caso de a garota sentir frio.

O repórter já tinha dado as notícias, já tinham passado a propaganda do melhor sabão em pó, do melhor desodorante, do melhor molho de tomate. E agora anunciavam um filme: *O amor é sempre o amor.*

– Afff! – ela disse num desabafo, os olhos lá em cima. – Deve ser ótimo!

Ana Maria virou de lado e dormiu. Acordou depois de uns quarenta minutos com as vozes dos atores entrando em seus ouvidos lentamente. Quando botou os olhos na tevê, deu de cara com o moço olhando a moça, a moça olhando o moço.

Ele passa as costas da mão no rosto dela, tira uns fiozinhos de cabelo de perto da boca e os arruma atrás da orelha. Ela se esquiva, já antevendo o que iria acontecer, antevendo e não sabendo se queria ou não que aquilo, de fato, acontecesse. Mas ele não espera que ela pense, reflita sobre sabe-se lá o que e, delicadamente, tão suave como se ela fosse feita de cristal, ergue o rosto da moça e vai chegando perto, chegando perto, agora as duas bocas estão tão próximas e tão enquadradas na tela que os olhos da Ana Maria, grandes, ansiosos, só ficam esperando o desfecho da cena, quase sem piscar. Os lábios finalmente colam um no outro, e Ana Maria dá um suspiro longo.

– Deve ser bom beijar na boca.

Ana Maria se esforçou para continuar assistindo ao filme até o final, mas o caso é que ele era bem ruim mesmo, por isso foi só piscar uma vez mais demoradamente, piscar de novo e de novo, que seus olhos simplesmente não se abriram mais. As vozes foram sumindo, sumindo, até que outras vieram tomar conta.

Ainda estava com gripe. Talvez sem febre, mas aquela perna de uma tonelada não se mexia nem por decreto. Que sede, uma vontade louca de tomar água. Que horas deveriam ser? Umas quatro ou cinco da tarde, imaginou. Nossa, deitada no sofá até essa hora? Que dia mais improdutivo! Ana Maria adorava essa palavra, assim como também era fã de outras. Inconsequente, por exemplo.

– Não seja inconsequente, minha filha. Quem está doente deve ficar de repouso.

– Mas, mãe! Repouso é coisa pra gente velha que não pode andar.

– E você pode? Com essa tonelada nas pernas, você pode?

– Não.

– Então, fica quietinha aí que eu já volto.

E a mãe passou pela porta indo não se sabe aonde. E a Ana Maria sentou no sofá, emburrada.

Uma tonelada. É, não dava mesmo para andar. Mas, caso imaginasse a sua perna leve como uma pluma, daria certo?

Tentou. Mexeu um pé, o outro, depois esticou-se um pouco mais, esticou e... Crec! Um estalo nos joelhos. Que engraçado. Agora eles estavam dobrando tão bem e tão fácil, nem pareciam os mesmos. Esticou-se mais. E crec! Um estalo nos quadris. O movimento das pernas ficou mais fácil, elas subiam e desciam, subiam e desciam. Levíssimas! Abriu os braços, um de cada vez. Crec! nas omoplatas. Erguia e abaixava os ombros fazendo movimentos circulares. Estava se sentindo ótima! Ótima!

Pôs-se em pé. Continuou com o movimento nos ombros, virou o pescoço para cá e para lá, foi dobrando os joelhos, tirando do chão um pé de cada vez, parecia aquecimento para uma corrida.

Não bem para uma corrida. Esticou os dois braços no sentido horizontal. Fechou os olhos. Respirou fundo. Num impulso, saltou. Seus pés saíram do chão e não voltaram, ficaram lá em cima! Estava flutuando, flutuando!

Olhou para baixo. Os sofás, o tapete e a mesa de centro, tudo embaixo dela. Olhou para frente, para o janelão. Totalmente aberto. Mirou o vão e foi. Passou pela janela, avistou a rua, mas não é que aquela bola estava de novo no seu jardim? Abaixou-se, ficando rente ao gramado, e, sem pousar, passou a mão no objeto e tornou a subir, atravessando a gradinha do portão.

Quando Serginho viu Ana Maria voando, também quis fazer igual e deu um salto. No ar, frente a frente com a garota, ele esticou os dois braços para pegar a bola ao mesmo tempo em que ia chegando perto, bem perto. Ana Maria ficou tão boba com aquele rosto lindo, que não tirava os olhos dela por um segundo, que se esqueceu completamente de que estava segurando alguma coisa: as mãos se afrouxaram sem querer e a bola caiu.

Ela ia descer para apanhá-la, contudo Serginho não deixou. Segurou firme a sua mão, as duas mãos, segurou tão apertado que Ana Maria quase ficou sem ar. Era como se os seus corpos carregassem um ímã no peito cuja atração fosse algo irresistível, impossível de recuar. Por causa disso foram aproximando-se, aproximando-se, até que os lábios, também sob esse efeito magnético e mágico, principalmente mágico, colaram-se um no outro.

– Ana...

Juntos um no outro.

– Ana Maria...

Juntos.

– Ana Maria!

A garota deu um pulo no sofá. Olhou abobalhada para cima e viu a mãe.

– Mãe? Que é que você tá fazendo aqui?

– Como, o que estou fazendo aqui? Já cheguei do trabalho, ora essa! Vai me dizer que você dormiu a tarde inteira? Tá com febre ainda? Vem cá, me deixa ver – e já foi deitando a mão querendo examinar.

Mas Ana Maria não deixou.

Puxou a coberta que estava lá no pé e cobriu a cabeça, escondendo-se igual a um avestruz.

De propósito

Claro que tinha sido de propósito. Claro que sim.

Mas Ana Maria, apesar de ter pensado naquele instante "tô começando a achar que é de propósito!", no fundo, no fundo, não tinha tanta certeza assim. Porque ninguém consegue ter certeza de alguma coisa que está dentro da cabeça do outro.

Já era a terceira vez que aquela bola vinha parar ali dentro.

Justo quando Ana Maria estava tentando botar as ideias em ordem.

Mas dizer "a vida é assim mesmo, cheeeia de problemas" significa botar a cabeça em ordem ou significa uma desculpa para a cabeça parar de pensar?

Ana Maria sequer cogitou responder a essa pergunta extremamente complicada porque assim que aquela bola fez barulho ao chocar-se com a gradinha do portão, assim que ela pingou na parede da sala e aí não fez mais barulho nenhum – provavelmente deveria ter caído na grama –, Ana Maria não pensou em absolutamente mais nada. Largou caneta, caderno e correu lá fora.

– Pega pra mim? – Serginho pediu, tão logo ela apareceu na porta.

– Claro! – e Ana Maria foi, entregando-lhe a bola e um sorriso.

– Obrigado.

– De nada. Você sempre chuta mal assim mesmo?

– Eu? Ah, bom...

– Não foi você?

Serginho confessou, envergonhado:

– Foi.

– Como é que consegue errar tanto?

O garoto ficou vermelho feito pimentão. Aí Ana Maria também ficou porque logo percebeu o quanto fora inconveniente, uma brincadeirinha que parecia não ter dado muito certo. Resolveu consertar o mais rápido possível:

– Tô brincando! Pode chutar à vontade! Desde que não quebre a minha vidraça, é claro... – e riu. Nossa, que sem-graça estava hoje, pensou. Não acertava uma.

– Sou mesmo um zero à esquerda...

– Ah, não fala isso! – Ana Maria ficou ainda mais constrangida. – Eu juro que estava brincando! Desculpa.

– Mas é verdade. Não sou bom em futebol. Isso aqui é só mesmo um passatempo, quando não tenho mais nada interessante pra fazer. É que o Rodolfo – Serginho olhou para trás –, aquele de camiseta roxa, me chama toda vez pra jogar, então...

– É bom ter amigos que lembram de te chamar pra fazer qualquer coisa.

– Por que diz isso? Você não tem amigos?

– Ah, tenho, tenho sim. É que eu mudei faz três semanas só, então... Mas continuo na mesma escola e, portanto, meus amigos continuam os mesmos. Só ficou mais longe. Mas nada que a gente não possa dar um jeito.

– Às vezes, não adianta morar perto. Não é isso que faz você ter amizade com alguém.

– Verdade.

Serginho deu uma olhadinha para trás e viu seus três amigos sentados na sarjeta, esperando. Esperar em pé cansa. E aquela conversa parecia que não tinha mais fim.

Mas Ana Maria pensou que, na certa, deveria ser assim mesmo quando você encontra alguém com quem tem afinidade.

Onde mesmo tinha ouvido essa palavra, onde mesmo? Talvez tivesse lido num livro. Ou então uma professora tivesse falado na classe. Ou seria de alguém, alguém... Sim. Alguém. Mas não lembrava direito quem porque naquela hora estava muito, muito triste para prestar atenção em palavras novas, em significados novos. E olha que isso era uma coisa que realmente ela adorava fazer. No entanto, aquele não era o dia certo, muito menos o momento certo.

– Nossa, eles tinham tanta afinidade... Davam-se tão bem... O que é que vai ser da Fátima e da Ana Maria agora? Puxa vida...

Afinidade. Lembrou-se da palavra nesse instante e, nesse instante, achou a palavra bonita. Prometeu usá-la em breve, tão logo encontrasse uma frase bem bacana para ela.

Na calçada

Ana Maria estranhou quando Serginho chamou-a no portão. Não tinha ouvido bola nenhuma cair no jardim dessa vez.

Abriu a porta e viu o garoto na calçada. Não tinha bola mesmo, ele estava só.

– Tá ocupada?

– Eu? Ah... não... Por quê?

– Vim conversar um pouco.

– Não tem futebol hoje?

Serginho riu.

– Não, não. Prefiro conversar.

Ana Maria encostou a porta, abriu o portãozinho e saiu.

– Por que a gente não senta aqui? – ele apontou a sarjeta.

– Tá legal.

Sentaram-se.

– Quantos anos você tem? – perguntou Serginho.

– Treze.

– Tenho quatorze. Sabe que eu achei que você tivesse mais? É alta...
– Nem me lembre que sou alta!
– Por quê?
– Por quê? Deixa pra lá.
Serginho levantou-se. Esticou o braço, estendendo-lhe a mão:
– Vem cá.
Ana Maria ficou olhando para cima, sem se mexer:
– Pra quê?
– Quero ver se é mais alta que eu.
– Eu não! Se eu for você vai ficar rindo da minha cara!
– Até parece! Vem!
Ana Maria ficou olhando aquela mão apontada em sua direção. Meu Deus, igual no sonho... Quer dizer, menos voando. Ou será que dava para voar assim, sem sair do chão? Nossa, quanta caraminhola na cabeça, quanta...
– Vem, Ana! Larga a mão de ser boba.
Ana Maria pegou na mão de Serginho e deixou que ele a puxasse.
– Fica aqui do meu lado. Isso – Serginho mediu ombro a ombro, Ana Maria só de olho na medição.
– Ganhei! – ele disse. – Sou mais alto que você.
– O que tem a ver? Alguém apostou alguma coisa por acaso?
Serginho sentiu-se embaraçado:
– Ah... desculpa. Não sabia que você ia ficar brava com a brincadeira.
– Eu não fiquei brava.
– Ficou, sim. Tá com uma cara...
– É que eu não gosto de ser alta. É isso. Não gosto.
– Tudo bem. Desculpa... Não falo mais da sua altura.
Serginho sentou-se novamente, Ana Maria fez o mesmo.
Depois de um tempo em silêncio, ela perguntou, como quem não quer nada:
– Você não me acha...
– Acha o quê?

– Pernuda e compridona?
– Eu não!
– Hum.
– Por que me perguntou isso?
– Por nada. Esquece.

Os dois ficaram quietos vendo a rua. Apareceu um cachorro e Serginho passou a mão na cabeça dele. Nas orelhas também. O cachorro deu uma lambida em Serginho, que tratou logo de mandá-lo embora. Ele limpou a mão na bermuda e a Ana Maria riu.

Voltaram a contemplar a rua.

– Serginho...
– O quê?
– Meu pai morreu.
– Nossa...

Ela balançou a cabeça para frente e devagar, achando aquilo um nossa também.

– Quando? Faz tempo?
– Mais ou menos. Seis meses.
– Puxa... Eu sinto muito.

Silêncio.

– Ele estava doente?
– Não. Foi um acidente. Estava dirigindo, sozinho, bateu o carro. Levaram ele pro hospital, mas não teve jeito. Ele morreu logo depois.
– Que triste.
– É.
– Por isso que eu sempre vejo só você e a sua mãe.
– É.

Silêncio.

– E como você tá?
– Triste.
– Imagino. Se eu puder fazer alguma coisa...

Ela fez que não. Depois, desabafou:

– Eu queria conseguir escrever de novo. Só que eu não sei mais escrever.

– Como assim? Você teve algum problema de… memória? Esqueceu… o alfabeto?

Ana Maria riu:

– Não acredito que você está falando sério!

– Claro que eu tô! Uma tia da minha mãe ficou assim. Ela teve um problema de saúde, esqueci o nome agora, aí não conseguia mais falar nem escrever, foi o maior sufoco, ela misturava todas as letras, parecia que tinha desaprendido tudo, coitada.

– Mas eu não fiquei doente, Serginho. O problema é que eu não consigo escrever nada que preste. Tipo uma redação, entende? Redação. É isso.

– Aaaahhh… Entendo…

– Pois é.

– Tá indo mal na escola?

– Que mal que nada! Eu não escrevo pra escola, escrevo pra mim, entendeu?

– Aaaahhh… Não.

– Serginho… – ela deu um suspiro. – Deixa pra lá.

Ele riu:

– Tô brincando, Ana. Você gosta de escrever igual os escritores escrevem. Entendi.

– Isso mesmo.

– Acho que deve ser uma maneira de você colocar pra fora tudo o que tá sentindo.

– Mas eu não quero mais sentir o que eu tô sentindo, sabe? Eu quero que tudo volte a ser como antes, não quero mais falar sobre essas coisas que doem e machucam e fazem com que eu não esqueça nunca, não esqueça por um minuto o que aconteceu. Isso não vai ter fim? Não vai?

Serginho ficou calado, pensando numa resposta.

Mas não achou nenhuma naquele momento.

O livro

Ana Maria pegou um livro na biblioteca da escola e nesse instante estava lendo, deitada no sofá da sala. Era um sábado e como todo sábado a Fátima colocava ordem na casa, sem demonstrar desânimo ou cansaço. Tirava pó, passava pano, erguia tapete, mudava uma coisa aqui, uma coisa ali.

Desligou-se da leitura por um momento e ficou só observando a arrumação da qual a mãe não desistia nunca. Deveria ter um significado extra aquilo tudo, ela pensou. Impossível gostar de arrumar tanto.

Fátima dobrou os joelhos, curvando um pouco a coluna, e ergueu o vaso azul. Ana Maria observando. Passou o pano na mesinha e em seguida na peça, colocando-a de volta no lugar. A mesinha se pôs limpa, brilhante. E o vaso azul.

Fátima endireitou as costas, mirou uma das paredes, aproximando-se dela. Em seguida, voltou-se para a filha:

– O que você acha da gente colocar um outro quadro aqui, Ana? Não sei, parece que está faltando alguma coisa...

A garota fechou o livro e se sentou cruzando as pernas, uma sobre a outra, em cima do sofá. Olhou, olhou, pendeu a cabeça para um lado, depois para o outro, avaliando.

– Não sei, mãe... Você é que tem mania de quadros.

– É porque a parede... Não. Porque a casa fica mais bonita.

– Acha esse vaso igual ao outro?

– Hã?

– O vaso – ela apontou com a cabeça. – Acha igual ou muito diferente? Mais azul ou menos azul? Melhor ou mais vagabundo?

Fátima se atentou ao vaso. E por um momento viu-se perdida entre a cerâmica e as lembranças. Esqueceu de olhar para a filha, esqueceu que a filha aguardava uma resposta.

– Hein, mãe?

Ela virou-se. Calada ainda. Depois, uma palavra:

– Bom...

E foi aproximando-se devagar, chegando perto do sofá, sentando-se ao lado da Ana Maria.

– Que livro você está lendo?

Ana Maria abaixou a cabeça, pegou o livro do colo, virou a capa para a mãe ver. Fátima tomou-o para si e folheou algumas páginas.

– Está gostando?

– A-hã. Tô lendo pra ver se eu volto a ter ideias que prestem.

Fátima franziu as sobrancelhas.

– Por que diz isso?

– Porque eu esqueci como é que se escreve uma história que preste. Se é que eu já escrevi alguma antes.

A mãe balançou a cabeça. Deu um meio sorriso, compreensiva. Falou:

– É só uma fase.

– Não parece.

– Porque está demorando a passar?

– É.

Fátima abraçou-a. Ana Maria aproveitou para se aninhar naquele colo que era tão bom. Macio e quente. Acolhedor era o nome. Não sabia porque achara um dia que não tinha mais idade para isso. Engano seu. Colo era bom em qualquer idade.

Ficou aninhada com o livro no peito, tal qual fazia com o seu caderno, e aproveitou para abraçá-lo apertado mais e mais. Quem sabe conseguisse entrar lá dentro, viver com o personagem, ou viver *o* personagem, alguém que era tão, mas tão forte e por isso mesmo tão diferente dela. Ela não era forte. Nem corajosa. Tinha medo. Tinha medo, repetiu o pensamento como se fizesse questão de se convencer disso. Mas e daí? Qual o problema? Por que não poderia ter medo? Grande coisa!

Ainda no colo, o olhar perdido lá em cima, Ana Maria confidenciou:

– Tenho medo de um monte de coisas, mãe.

E ouviu aquilo que nunca imaginaria ouvir:

– Eu também.

Tio

Tio Augusto era o tipo do parente que Ana Maria tinha visto menos vezes do que a quantidade de dedos da mão.

Quando era mais nova, lembrava-se de tê-lo encontrado num desses almoços de família onde se reúne muita gente. Deveria ser aniversário da avó, ou Dia das Mães, dos Pais ou então Natal. Qualquer coisa assim, não tinha bem certeza. Apenas que era um almoço, e um almoço com muita folia e falação. Depois disso, devem ter ocorrido mais alguns encontros, sim, porém nenhum que a tivesse marcado e deixado lembranças.

Augusto era irmão de José Luís. O único irmão, nove anos mais velho. Mas os anos que os separavam provavelmente eram bem mais que isso.

O motivo desse distanciamento era difícil de ser medido, mas de modo algum deveria ser pensado em quilômetros, pois ambos moravam na mesma cidade, apenas os bairros um pouco afastados. Engraçado ter se lembrado da fala de Serginho nessa hora: "Às vezes, não adianta morar perto. Não é isso que faz você ter amizade com alguém."

Algo com que ela concordara.

Sim, isso de fato era uma verdade. José Luís e Augusto, irmãos, não tinham amizade um com o outro. Por que, Ana Maria nunca soube, tampouco se interessou por saber. Talvez pelo fato de que a família da mãe, numerosa com seus irmãos, sobrinhos e tudo o mais, fosse capaz de preenchê-la de tal forma que não cabia espaço para se lembrar de que tinha um tio por parte de pai. Tio Augusto nunca fez falta.

Há seis meses, no velório do pai, tio Augusto deu-lhe um beijo. Ana Maria mal ergueu o rosto porque estava tão afundada em si mesma que não sentia vontade de prestar atenção em um tio que não encontrava havia tempo.

– Sinto muito, Ana. Ele era meu único irmão e estou completamente abalado.

A garota só balançou a cabeça.

Ele caminhou até a mãe, abraçou-a. Fátima ficou um tempo afundada no ombro do cunhado.

– Fátima...

– Não precisa dizer nada, Augusto.

– Mas eu quero dizer. Quero dizer que eu amava meu irmão. Apesar de tudo, de todas as nossas divergências... Era meu irmão! E eu estou arrasado! Pode acreditar.

– Eu acredito.

– Se precisar de alguma ajuda...

– Vai ficar tudo bem.

– Certo. Mas... Promete que me procura se precisar?

Fátima fez que sim.

Mas isso nunca aconteceu.

Quando a campainha tocou, foi Ana Maria que correu atender. E parou à porta, depois de aberta, como quem busca reconhecer algo que ficou perdido lá atrás. Mas isso durou apenas alguns segundos, refeita da surpresa, ela logo cumprimentou, cordial:

– Oi, tio Augusto.

– Oi, Ana. Tudo bem?

Depois de um suspiro comprido, ela disse o sim.

– Sua mãe está?

– A-hã.

Então, Ana Maria desviou-se da passagem, abrindo caminho:

– Entra. Vou chamar. Ela deve tá lá no quarto guardando alguma coisa... Senta aí um pouco.

– Obrigado.

Augusto entrou, devagar e com cerimônia. Deu uma olhada ao redor, nos quadros, nos enfeites e por último no sofá. Sentou-se. A casa era simples, como a Fátima. Simples e delicada.

Fátima apareceu, o mesmo ar surpreso da filha. Ele se levantou tão logo a viu.

– Tudo bem, Augusto?

Ele assentiu com a cabeça. Perguntou:

– E você?

– Vamos indo.

Augusto não sabia se punha as mãos no bolso, corria abraçar ou dar um beijo, pois Fátima simplesmente havia parado alguns passos atrás, os braços cruzados. Quem cruza os braços não quer abraço. Por isso, Augusto ficou mais sem jeito ainda; primeiro, porque viera sem avisar, sem dar um telefonema... se bem que não tinha número de telefone nenhum com ele. Claro que poderia ter conseguido facilmente, mas... Segundo: a Fátima não parecia mesmo muito amigável.

– Bom, Fátima. Vim até aqui para... Bom, já se passaram seis meses, não sei se está precisando de alguma coisa...

– Estamos.

– Sim?

– Você falou está, o correto é estamos porque somos eu e a Ana Maria.

– Ah, claro...

– Mas não estamos.

– Ah... Sei... Posso te cumprimentar com um abraço?

Fátima não respondeu, descruzou os braços, que se soltaram pesados ao longo do corpo. E ficou olhando para Augusto com uma cara estranha, meio que tentando sorrir, mas não conseguindo; meio não querendo abraçar, mas querendo menos ainda ser mal-educada diante do pedido.

Ana Maria também olhava a cena com estranheza. Nunca vira seus parentes agirem tão cerimoniosamente assim. E esta foi a primeira vez, a primeira mesmo, que se deu conta de que algo muito sério entre seu pai e o irmão realmente deveria ter acontecido. Alguma coisa que levassem os dois a essa distância. Uma vida inteira distante. Curioso. Mas o quê?

O tio caminhou até a mãe. Abraçaram-se, reservados. Um abraço econômico. Mas o suficiente para ele fechar os olhos no abraço, bem ao contrário de Fátima, que mantinha os seus bem abertos, o olhar longe. Fátima não se sentia à vontade, não mesmo. E Augusto parecia não querer nunca parar de abraçar.

Mas o quê?

Biblioteca

Alguma coisa aconteceu quando Ana Maria atravessou a quadra da escola ao se dirigir à biblioteca para devolver o livro.

Não sabia o que era. Um vento, um burburinho de vozes de alunos, um zumbido, um cheiro. De vez em quando tinha disso, sentia um cheiro que não sabia explicar. Não era nada específico, talvez só o ar ficasse diferente, talvez o vento que trouxesse um modo de pensar diferente. Pois foi o que aconteceu. O pensamento:

– Tem alguma coisa que não está bem. E eu preciso resolver.

Entrou na biblioteca e aproximou-se da bibliotecária, pondo o livro a ser devolvido sobre a mesa. Falou, decidida:

– Quero um livro de medo. Mas de bastante medo, quero passar por todos os medos de uma vez. Um personagem medroso. É isso.

Marina, a bibliotecária, ficou olhando a garota sem compreender.

– Você acha que eu tô brincando? Ou ficando biruta?

– Não. Não é isso – a moça respondeu. – É que eu preciso pensar um pouco... Um personagem medroso... hum... Pode me dar um tempo para eu fazer uma pesquisa?

– Não tenho tempo. Preciso resolver isso agora. Urgente.

Marina franziu as sobrancelhas:

– Você está bem, Ana?

– Não.

– Percebi. Quer conversar um pouco?

– Eu não posso mais ficar lendo histórias onde todos os personagens são fortes e determinados, que dá tudo tão certo com eles que eu nem sei. Preciso de alguém como eu, cheia de dúvidas.

– E medos.

– Isso. Você entendeu.

– Quer ficar à vontade e procurar enquanto eu tento me lembrar de algum livro?

A garota deu um suspiro.

– Bem que eu gostaria. Mas agora não posso, já vai dar o sinal.

Nenhum professor vai entender se eu disser que estava tentando resolver um problema na biblioteca...

A moça riu:

– Os livros nos inspiram a resolver os nossos problemas.

– O problema é que a minha vida tem problemas demais. Depois eu volto.

Ainda faltavam alguns minutos para o sinal quando Ana Maria voltou à quadra, dessa vez fazendo o caminho inverso.

Ali era onde os alunos mais gostavam de se reunir na hora do intervalo. Ana Maria também gostava. Mas tinha hora que preferia ficar sozinha.

De novo aquele vento.

Seus cabelos foram jogados para trás e no mesmo instante, sem querer, Ana Maria piscou os olhos mais demoradamente. Suspirou fundo, diminuiu o ritmo dos passos como se aquele vento fosse o responsável por fazê-la brecar. Ele esparramava seus cabelos e também os fatos de sua vida num círculo empoeirado. Misturava tudo na poeira, naquele pó tão fino quanto a cerâmica esfarelada de seu antigo vaso azul. Misturava, sim. A falta que sentia do pai, a amizade com Serginho, o aparecimento repentino do tio Augusto. Um redemoinho muito louco. Muito louco mesmo.

Fechou os olhos. Presos ali, voando no círculo de pó, seu pai, Serginho, tio Augusto. Seu pai, Serginho, tio Augusto, seu pai, Serginho...

– Ana!

A garota abriu os olhos e deu de cara com a Fabiana. Que bom ver alguém fora desse círculo. Fabiana, sua amiga de classe desde... era sua amiga havia bastante tempo.

– Você não disse que ia só até a biblioteca e depois se encontrava com a gente na cantina?

Silêncio.

– Ana! Você não tá me ouvindo?

– Você escutou isso, Fabi?

— Isso o quê?
— O barulho do vento.
— Vento?
Silêncio.
— Nossa, Ana... Você tá tão esquisita... Aconteceu alguma coisa?
Silêncio. A poeira já tinha baixado. Realmente, já tinha.
— Deixa pra lá.
E se puseram a atravessar a quadra, conversando.
Pouco depois, ouviram o sinal.

Bem esquisito

— Você não acha esquisito? Não acha?
   — Ah... Sei lá.
   — Pensa bem.
   — Ana, você tá querendo uma resposta que eu não tenho.
   — Mas custa ajudar? Dar uma opinião?
   — Mas a minha opinião não vai te ajudar em nada! É só uma opinião. E acho que você precisa saber mais coisa, resolver as suas dúvidas, e eu não posso fazer nada pra resolver as suas dúvidas.
   — Por que meu pai não gostava do meu tio Augusto?
   — Não sei.

– Ah, Serginho! Você também, não! Tá com má vontade comigo. Chato!

Ana Maria emburrou. Colocou os dois braços sobre os joelhos e deitou a cabeça. Ficou olhando para o chão, para as pedras da calçada. Os dois sentados, conversando na frente da casa dela.

Serginho começou a cutucar o braço da amiga. Ela nem se mexia. Ficou cutucando, cutucando, feito um pica-pau. Até que a garota se irritou e deu um tapa na mão dele, erguendo o rosto praticamente no mesmo instante. Erguendo o rosto pronta para dar a maior bronca nesse seu amigo que não servia nem para dar uma opinião, um conselho, se amigo não servia para isso, então para quê?

Só que na hora em que abriu a boca para falar o primeiro xingamento que lhe viesse à cabeça, Ana Maria não conseguiu. Porque Serginho a olhava de muito, muito perto e por isso ela nem esperava. Menos ainda que o seu coração fosse palpitar mais forte, e se ele escuta?

Ana Maria não precisou dizer nem inventar nada, felizmente. Foi salva quando Serginho costurou o espaço, abrindo-se com franqueza:

– Ana, eu queria muito te ajudar. Mas não sei como. Acho que você tá muito confusa, porque falou tanta coisa ao mesmo tempo, atropelando um monte de coisas ao mesmo tempo. Você precisava mesmo era tirar essa confusão da sua cabeça e tentar se entender melhor.

– E como eu faço isso?

– Por que não conversa com a sua mãe, pergunta o que quer saber? Por que não faz isso?

Ela virou o rosto para a rua, para o outro lado. E depois para ele novamente:

– Porque eu tenho medo.

– Medo do quê?

– De tudo, de tudo.

Ana Maria ficou pensando. Poderia, sim, perguntar o que quisesse à sua mãe. E talvez ela respondesse sem o menor problema porque a mãe nunca fora de lhe esconder nada. O problema não era esse. Era justamente essa possível sinceridade que a atordoava. Não sabia se queria ouvir.

Nunca tinha pensado que a sua mãe, antes de tudo, era uma mulher. E se o tio Augusto quisesse...? Não, claro que não. Não deixaria, de forma alguma. Tio Augusto que não se atrevesse. Tio Augusto que tirasse todos os seus cavalinhos da chuva, pois já ouvira falar que tio Augusto era bem rico, então deveria ter não apenas um cavalinho na chuva, mas um monte deles. Que tirasse todos então e levasse seu dinheiro para bem longe porque nem ela nem a mãe precisavam de nada. Nem de dinheiro, nem de marido, muito menos de pai. Acabou. Era isso o que ia dizer. Não precisava de pai, quer dizer, precisava, mas daquele pai que fora embora, o José Luís, não o Augusto ou qualquer outro que aparecesse no caminho da sua mãe. Porque estava tudo certo, certíssimo no caminho da mãe. Só no dela é que não, porque afinal de contas estava crescendo ainda, natural o caminho não estar assim tão claro, meio confuso, porque muitas coisas vão acontecer depois dos treze anos, imagine só se estivesse tudo tão claro agora, nem sentiria o que estava sentindo pelo Serginho, mas que hora mais besta para sentir isso! Não dava para esperar o ano que vem? Espera o ano que vem, Serginho, a gente faz amizade... Mas amizade ela já tinha, ora essa, não era disso que estava falando, pensando, meu Deus!, será que estava apaixonada?

Pensou apaixonada e Serginho pegou em sua mão. Sincronicamente. Ela levou o maior susto.

– Nossa, Ana! Você tá tão assustada... – e foi logo soltando, recuando o braço.

Mas ela não deixou, trouxe Serginho de volta. Ficou sentindo aquela mão macia, já aproveitando para se desculpar:

– Desculpa. Estava distraída.

– Você vive distraída – ele riu.

– Às vezes não consigo controlar tudo o que penso, o que imagino... meu pensamento vai embora e eu vou junto.

— Acho que por isso você quer ser escritora... O que estava imaginando dessa vez?

Ana Maria arregalou os olhos, tirou a mão num sobressalto:

— Você ouviu o que eu pensei?

— Ana. Como é que eu ia ouvir o que você pensou?

Ela relaxou.

— Ah... É que de vez em quando parece tudo tão real...

— E eu não poderia ouvir?

Ela fez que não.

— Por quê?

— Porque... porque... porque você não tá preparado pra ouvir.

— Hein?

— Serginho. Você ainda não se acostumou comigo? Me deixa aqui com as minhas birutices, tá?

O vaso azul

Ao abrir a porta da sala, Fátima encontrou Ana Maria deitada no sofá com o vaso azul em cima da barriga. As duas mãos alisavam-no de um lado a outro, de cima a baixo.

— Oi! — Fátima disse, encostando a porta e trancando-a à chave.

— Oi! — Ana Maria respondeu, sem atentar-se à mãe.

Quando virou-se de frente por inteiro, Fátima perguntou:

— O que você está fazendo com esse vaso aí?

— Pensando.

— Ah...

A garota se sentou. Cruzou as pernas, uma sobre a outra, em cima do sofá. Encaixou o vaso entre os joelhos.

— Queria conversar com você.

— Pois pode conversar.

Ana Maria ficou olhando a mãe. Disse:

— Não é uma conversa para se ter em pé.

— Ah, sim. É uma conversa longa, para se ter sentada.

— Mais ou menos isso.

Fátima deixou a bolsa no outro sofá e se sentou ao lado da filha. Tirou os sapatos, massageou os pés e dobrou uma das pernas, trazendo-a para cima. Ana Maria, por sua vez, continuou com o vaso no colo. Melhor mantê-lo por perto.

– Que foi? – a mãe quis saber.

– Se eu te perguntar uma coisa você me responde com toda a sinceridade?

– Alguma vez eu não respondi com sinceridade?

– Acho que não. Digo, não respondeu *sem* sinceridade.

– Entendi.

– O que aconteceu entre o papai e o tio Augusto?

Fátima puxou o ar. Depois, soltou-o junto com duas palavras apenas:

– Muitas coisas.

– Mas muitas coisas o quê?

– Ah, minha filha. Problemas de família, modos de pensar diferente...

– E você?

– Eu o quê?

– O que você tinha a ver com esses problemas de família?

– Nada.

– Nada?

– No que você está pensando exatamente?

– No tio Augusto. E em você.

– Como assim?

– Ah, mãe! Você entendeu. Vocês dois. Juntos.

– Tá maluca, Ana?

– Eu vi ele te abraçando, eu vi quando ele fechou os olhos sonhando com sabe-se lá o quê!

Foi a vez de Fátima ficar olhando a filha. Só olhando. Até que Ana Maria se cansou de tanto olhar sem palavra e perguntou:

– Vai falar ou não? Você disse que ia me responder com toda...

– Eu não sei o que se passa pela cabeça do seu tio Augusto. Mas o seu pai tinha muito ciúme dele, sim.

– Eu sabia!

– Não ciúme por minha causa, especificamente, mas por causa de todo mundo. Está certo. Acho que eu tenho que me incluir nesse todo mundo de que falei.

– Ciúme de todo mundo?

– Sim.

– Mas por quê?

– Porque ele achava que o Augusto era melhor em tudo na vida. Era mais velho, mais responsável, mais inteligente, mais bem de vida, sempre só recebeu elogios e seu pai muitas vezes era esquecido. Ou se sentia esquecido, o que para ele dava na mesma. Se acontecia algo bem bacana era com o Augusto que acontecia. Ah, mas o Augusto é muito inteligente, veja só. Que menino esforçado...

– Menino?

– Essa história vem de longe.

– Ah...

– Seu pai achava que tinha nascido tarde demais. Se um casal espera nove anos para ter outro filho é porque nem quer mais, simplesmente acontece. O José Luís apenas aconteceu.

– Não é verdade!

– Claro que não. Mas muitas vezes era assim que se sentia. Então, teve um certo momento em que ele decidiu dar um basta. E esse basta foi se afastar definitivamente do irmão. Mas teve muita coisa no meio disso, muita discussão, o Augusto chamando seu pai de mimado, seu pai chamando o Augusto de mimado. Mimado é só o mais novo?, ele perguntava. Até parece!, ele mesmo respondia. Quem estava certo, quem estava errado... cansei de ouvir coisas assim. Cada um errava numa hora, isso é o que eu penso.

Ana Maria olhou o vaso, ficou de novo passando a mão.

– Eu falava que ele tinha medo de tudo e que um pai não pode ter medo de nada. Por causa dos brinquedos, sabe? Nunca vi tanto medo de montanha-russa, nunca vi tanto medo de tobogã...

– Bem que vocês caíram uma vez.

– Foi engraçado.

– Engraçado nada, que você chorou.

– Engraçado agora, que já passou... Mãe, teve um dia que você me disse que também tinha medo de um monte de coisas... Lembra?

Fátima meneou a cabeça:

– Acho que sim.

– Achei estranho.

– Por quê?

– Nunca te vi com medo de nada.

– Tem medo que não dá pra ver.

– É.

Ana Maria manteve os olhos no vaso por mais alguns segundos. Depois, encarou a mãe:

– Por que o tio Augusto nunca se casou?

– Não sei.

– Ele gostava de você?

– Não sei.

Voando

Ana Maria estava na classe mais avoada que nunca.

Fabiana chamou uma vez, chamou duas. Só então ela olhou para o lado, na direção da carteira da amiga:

– Quê?

– Por que você tá desse jeito, com a cabeça na lua?

– Eu tô com a cabeça cheia de problemas, isso sim.

– Aconteceu alguma coisa?

– Sempre tá acontecendo alguma coisa comigo, sempre.

– Xi... você tá meio estressada hoje.

– É porque você não sabe como anda a minha vida!

Fabiana arqueou as sobrancelhas e esticou o pescoço, como que pedindo para a amiga dar uma olhadinha para o outro lado. Foi o que a garota fez. E viu a professora de Português bem ali, em pé, só aguardando. Ana Maria deu um sorrisinho. A professora também. Mas com um pedido junto:

– Tem muita coisa para fazer, Ana. Pode se concentrar um pouquinho mais aí no seu trabalho? – e apontou o caderno da garota.

Ana Maria olhou para baixo, para seu material. Em seguida, usando máscara de vítima, falou:

– Não adianta eu me concentrar. Posso entregar essa folha do jeito que tá?

– Claro que não.

– Não vai melhorar mais, pode ter certeza.

– Acho que vai.

– Lívia, eu sei o que eu tô dizendo – Ana Maria pôs a mão no peito. – Acredita em mim.

– Ana Maria. Procure se concentrar que eu garanto que você consegue, sim?

Não adiantava. A Lívia não entendia. Ninguém, aliás, entendia. Droga.

Voltou a tocar no assunto com a Fabiana na hora do intervalo. Não que quisesse falar, pois, se a amiga tinha razão em alguma coisa de que tinha lhe dito na classe era que estava *mesmo* estressada. E quando se está estressada o melhor de tudo é ficar de boca fechada.

Mas ela insistiu e insistiu e Ana Maria acabou conversando. Melhor, contando sobre a conversa que tivera com a mãe e que, em vez de clarear as coisas, sumir com aquele rastro de pó, ficou tudo ainda mais empoeirado. Tinha muita poeira nessa história, era isso o que Ana Maria achava.

– Fabi, eu tô achando que o meu tio gosta da minha mãe. Isso não é uma loucura?

– É. Mas a sua mãe gosta dele?

– Não! Claro que não. Eu acho que não...

– Então, qual o problema? Deixa seu tio gostar da sua mãe e pronto.

– Deixo nada!

– Você nem sabe se ele gosta. Vai ver isso é coisa da sua cabecinha de escritora...

– Eu não sou escritora.

– Mas é muito... ahn... imaginativa.

– Existe essa palavra?

– Sei lá.

Ana Maria deu um suspiro.

– Tá certo. Não dá pra ter certeza, pode ser que seja coisa da minha cabeça mesmo. É que a minha mãe disse um não sei quando eu perguntei se ele gostava dela. Foi esse não sei que estragou, entende? Estava indo tudo tão bem...

– E por que você não perguntou por que ela falou isso?

– Porque eu fiquei com medo de perguntar, ora essa! Ai, eu tô muito medrosa, viu? Isso me irrita! Me irrita! Será que a Marina já achou o livro?

– Hein? Que livro?

– Ah, esquece.

– Ana, você precisa parar de ficar fantasiando. Sua vida não é uma dessas histórias que vive escrevendo, é real.

– Hã?

– Você fica inventando, imaginando, por que não pergunta de uma vez o que quer saber e acaba logo com essa agonia?

– O Serginho também falou isso.

– Hum... O tal vizinho novo.

– É.

– Que você pensou que tinha te achado um horror, pernuda e compridona...

– É.

– Até escreveu aquele monte de coisas, fez dele seu personagem... Ah! O narrador personagem. Graças a você eu ando melhorando em Português, sabia? Que bom.

– Você contou isso pra alguém?

– Claro que não.

– Não quero que você fale das minhas histórias pros outros, entendeu? Senão eu nunca mais te deixo ler nada!

– E como é que você quer ser escritora se não quer mostrar suas histórias pra ninguém?

– Isso é comigo. Por enquanto, é não e pronto.

As duas ficaram andando pelo pátio sem dizer nada por um tempo, só andando.

– Fabi...

– Quê?

– O problema não é o tio Augusto...

– E o que é, então?

– Eu nunca tinha parado pra pensar nisso... Sem meu pai agora... E se a minha mãe quiser gostar de outra pessoa? Eu não quero ter outro pai, eu quero só aquele mesmo, do jeito que ele era, cheio de defeitos, vai saber? Que brigava com o irmão, que tinha ciúme e medo de tobogã e trem-fantasma. Eu também tenho medo de tanta coisa, vai ver puxei isso dele, não só os olhos e os cílios compridos como todo mundo fala... – Ana Maria respirou fundo, olhou muito séria para a amiga – E se a minha mãe gostar de alguém e alguém gostar dela? E se eu estiver gostando do Serginho?

Telefone

– Oi, vó!

– Ana, minha querida! Tudo bem?

– Sim.

– E com a sua mãe?

– Tá tudo bem, vó. Você tem o telefone do tio Augusto?

– Seu tio Augusto?

– Tem outro tio Augusto?

– Não... Só achei estranho... Mas é claro que eu tenho.

– Pode me passar?

– Posso.

– Que bom.

— Você quer falar com ele?

— Quero, né vó! Se eu tô pedindo o número do telefone...

— Ele está na Europa.

— Europa? Mas ele foi em casa na semana passada... Quando é que ele volta?

— Daqui a uns dez dias, acho. Quer que eu veja certinho a data? Tenho marcado.

— Não, não precisa... Que tio chique eu tenho...

— Ele foi trabalhar. Vive trabalhando.

— Coitado... Tô com uma pena, vó!

— Bom, de qualquer forma eu vou pegar o número na agenda, espera só um pouquinho.

E a Ana esperou. Bem, bem decepcionada, mas esperou. Tinha demorado tanto para tomar a decisão de procurar o tio e, quando decide, a decisão dá errado. Dez dias... O que ela iria fazer com esses dez dias?

Talvez tenha sido melhor, pensou. Como é que iria chegar no tio e dizer: Escuta, fulano. Não. Melhor falar tio. Escuta, tio. Você por acaso, mas por acaso assim, lá na mais remota possibilidade, anda gostando da minha mãe? Ou por acaso já gostava antes? Por isso que meu pai não gostava de você, onde já se viu? Fazer uma coisa dessas com o próprio irmão! Não tem vergonha? Não sabe que isso não se faz? Não podia ter ficado só rico e pronto? Precisava também querer gostar de quem não podia gostar? Ora essa, tio Augusto!

— Não é assim como você está pensando, Ana.

— Não é assim uma ova! Não sou mais criança, seu Augusto. Ninguém me engana.

— Não vai mais me chamar de tio?

— Claro que não. Você nunca fez falta.

— Mas eu e a sua mãe estamos apaixonados.

— Nem vem que não tem!

— Foi tudo tão natural, nada aconteceu quando seu pai ainda estava vivo. Veja só, tantos anos já se passaram e agora nós dois, eu e a sua mãe...

– Não vem falando *nós dois*. Fale só por você porque não tem nós. Tem eu – que é você. E tem ela – que é a minha mãe. Um pronome longe do outro.

– Mas você vai gostar de viver com a gente.

– Deus me livre! Se for assim, prefiro... prefiro... Vou morar com a minha vó. Uma das duas! Pra que é que serve avó?

– Ana, não torne as coisas mais difíceis...

– Por que você não volta lá pra Europa?

– Estamos pensando em ir.

– Estamos, quem?

– Estamos, Ana. Em lua de mel.

– Aaaaaaaaaaahhhhhhhhhhhhhhhhhhh!

Ana Maria jogou a caneta longe. Dessa vez sua mãe estava em casa e perguntou o que significava toda aquela violência. Violência...

– Que aconteceu, Ana? Você anda tão estressada...

– Agora todo mundo achou de me chamar de estressada!

– Não estou chamando você de estressada. Estou dizendo que você *está* estressada. É diferente.

– Você que anda me deixando assim!

– Eu?!

– É!

– Mas o que foi que eu fiz?

– Não é o que fez. É o que vai fazer.

– Hã?

Ana Maria levantou e foi buscar a caneta. Sentou-se de novo. Arrancou a folha do caderno, amassou, amassou... fez uma bolota e colocou em cima da mesa, batendo forte. Quase um murro na mesa.

Fátima puxou a cadeira e se sentou.

– Quer conversar?

– Não.

– Deveria.

– Por quê?

– Porque sim. É bom conversar.

– E com quem você gosta de conversar? Lá no trabalho? No ponto de ônibus? Na feira? No supermercado? Com quem você conversa?

Fátima franziu as sobrancelhas, passou a mão na testa, mexeu no cabelo, ficou olhando. Que cara de brava estava a filha. O que é que tinha feito, afinal?

– Ana...

– Você tá gostando de alguém?

– Eu?

– É! Você! De quem? Me fala!

– Que maluquice, Ana!

– Mas não é o que as pessoas dizem? Ah, a Fátima é nova ainda, vai refazer a vida...

– Então, é isso.

– Isso.

– Alguém andou enfiando coisas na sua cabeça?

– Não.

– Eu não estou pensando nisso, fique tranquila! Eu ainda nem consegui resolver nada dentro de mim, como posso estar querendo resolver alguma coisa fora? Como é que você pode estar pensando numa coisa dessas se eu nunca dei motivo algum pra você pensar?

– O tio Augusto deu.

Fátima apoiou o cotovelo na mesa e deitou o rosto em cima da mão. Ficou com o olhar perdido, o mesmo de quem está tentando recuperar algo que deixou passar.

– Ah... estou entendendo... Foi o que eu disse, não foi? Naquela conversa.

– Foi. Eu perguntei se o tio Augusto gostava de você e você disse não sei.

– Não imaginava que fosse ficar tão encucada assim. Aliás, nem sei por que fui dizer uma coisa daquelas. Mas, filha, por que você não me perguntou mais se estava com a cabeça cheia de nó?

– Nó.

– E não?

– Agora eu tô perguntando.

– Está me acusando, é diferente.

– Não tô acusando. Ah, mãe! Eu tenho medo que você goste dele e ele de você, ou então algum outro goste de você e você dele, entendeu?

Fátima deu uma pausa. Ana Maria ficou aguardando, estudando o rosto da mãe.

– Acho que o seu tio Augusto me achava bonita e inteligente. Às vezes me olhava com admiração. Seu pai, que não era bobo nem nada, percebia, fato que o deixou com mais ciúme ainda, ou mais raiva, sei lá. Nunca me senti culpada pelos desentendimentos deles, achava que tudo era mais coisa da cabeça do seu pai do que realidade. Se o seu tio gostava de mim da forma como você imaginou, isso eu já não sei. Talvez fosse mesmo só admiração, talvez fosse ciúme pelo fato de o irmão ter encontrado alguém, um amor, e ele mesmo nunca. Por mais inteligente que fosse, por mais dinheiro que tivesse, o Augusto nunca, nunca teve a sorte de ter tido um amor de verdade e um casamento feliz como o meu e o do seu pai. Quer saber? Acho que ambos tinham ciúme um da vida do outro.

Fátima não disse mais nada. Ana Maria também ficou quieta, pensativa. Que coisa mais louca essa história de ter ciúme. Muito louca.

Depois de um tempo, Ana Maria disse:

– A vida é muito complicada.

– É.

– Cheeeia de problemas.

– É.

Ana Maria abriu a boca para dizer uma terceira frase, talvez para concluir todo um desencadear de pensamentos, quando a mãe cortou-lhe a frente:

– Mas muito boa pra gente viver.

Retorno

Ana Maria girou a caneta sobre o caderno. Fez isso umas três vezes. Ou quatro. Até que a tampa parou na sua direção. Ana Maria agora olhando para baixo, para o caderno e a caneta, pensando, pensando.

Não sei porque inventei de fazer aquilo. Ligar pra minha avó, quero dizer. O que eu achava? Que ela não ia contar nada pro tio Augusto? Claro que ia contar, é lógico. Então, se eu sabia disso tudo, porque fiquei tão engasgada quando ele me ligou de volta?

Acontece que uma coisa não exclui a outra. Saber o que vai acontecer não significa que você esteja preparada para que aconteça. Confuso? Talvez. Eu sou assim mesmo. Confusa.

O pior de tudo foi quando ele falou que queria me ver. "O quê?", "Ver você, Ana. Conversar pessoalmente. Por telefone é meio ruim, não acha?"

Claro que ele deveria gostar de conversar pessoalmente, pois se ele foi até a Europa conversar pessoalmente com não sei quem em vez de telefonar ou mandar e-mail! Não dá pra trabalhar – a vó não disse que era trabalho? – por telefone, e-mail ou ainda tantos outros recursos que deixam você conversar e ver a pessoa do outro lado do mundo? Não, claro! Precisa ir pessoalmente! Pessoalmente!

Outro problema pra mim. Eu, que nem ia perguntar mais nada nem por telefone já que tinha desistido da pergunta, agora era obrigada a perguntar olhando cara a cara. Quer dizer, eu não precisava perguntar nada e ele nunca ficaria sabendo o verdadeiro motivo da ligação. Mas que desculpa eu poderia dar? Mas precisava dar alguma desculpa? Não poderia falar que tinha sido engano? Mas engano de quê? Pedi o número do telefone dele por engano? Isso?

Nossa, que confusa que eu tô.

Ana Maria fechou o caderno. E a campainha tocou. Ela não se levantou de imediato, ficou ainda tentando imaginar algumas alternativas. O número do RG do pai, por exemplo. Se o tio se lembrava porque o documento havia desaparecido de casa. Que nota o pai tinha tirado no oitavo ano, já que Ana Maria andava indo mal na escola e queria saber se José Luís também ia. Se alguma vez José Luís...

A campainha tocou de novo. E a Ana Maria se levantou.

– Oi, tio.

– Oi, Ana. Fiquei feliz quando sua avó disse que você tinha me ligado.

– Não liguei pra você, liguei pra vó.

– Porque queria falar comigo.

– Hum. É.

– Eu estava viajando.

– Ela falou.

– Tudo bem por aqui?

– Sim.

– Posso entrar?

Só aí Ana Maria percebeu que estava conversando com o Augusto ali na entrada, sem ter feito o convite.

Afastou-se da porta, aumentando a abertura.

– Claro. Desculpa, tio. Esqueci.

– Não tem problema.

Ele passou e lhe deu um beijo no rosto.

– Sua mãe...

– Tá trabalhando, chega só depois das seis.

Ele olhou no relógio.

– Vai demorar – ela avisou.

Augusto virou-se para a sobrinha com um sorriso:

– Não tem problema. Hoje eu vim falar com você.

– Ah, é?

– Não é?

Os dois sentaram-se no sofá. Augusto puxou assunto:

– Como é que vocês estão?

Ela meneou a cabeça, querendo dizer mais ou menos.

– Sei que é difícil, Ana. Eu imagino como se sentem...

– Você não imagina.

– Por que acha isso?

– Ah... É bem diferente.

– Concordo. É muito mais difícil para vocês duas, esposa e filha.

– Vocês brigavam muito? Por que você e o meu pai brigavam muito?

Augusto deu um suspiro longo.

– Porque o seu pai... porque nós dois éramos muito cabeças-duras.

Ana Maria não disse nada.

– Alguma coisa deu errado lá atrás e eu não consegui consertar. Nem ele. Principalmente eu, porque era o mais velho, tinha a obrigação.

– Do quê?

– Bom... Eu tinha que ter entendido melhor o seu pai.

– Por que é o mais velho?

– Talvez.

– Você acha que quem é mais novo não entende nada? Você acha que sabia mais que ele porque é o mais velho? Por isso você estava sempre certo e ele sempre errado?

– Eu não disse isso.

Ana Maria ficou quieta. Se tivesse perguntado sobre o RG teria tudo ficado bem. Por que a conversava precisava ter se enveredado por esse caminho?

– Ana. Muitas coisas aconteceram entre mim e seu pai. Não dá para eu te falar tudo, assim, em cinco minutos, mas gostaria que você soubesse que eu o amava. E senti muito tê-lo perdido. E senti muito por não ter feito outras escolhas, escolhas que nos aproximassem de novo. Às vezes, a gente pensa que vai ter a vida inteira para resolver alguma coisa e de repente a vida inteira já passou. E aí fica o remorso, a culpa, a vontade de que o tempo volte, mas isso não é mais possível.

– Não.

– Pois é.

Silêncio. Ana Maria virou o rosto, encontrando o vaso azul. Ficou com o pensamento perdido por um tempo antes de olhar de volta para o tio:

– Não tenho irmão pra brigar nem pra desbrigar. Mas tenho amigas.

Uma amiga. Às vezes a gente briga, sim. Discute. É que eu sou meio... nós duas somos bem diferentes. Eu, por exemplo, adoro ler. Escrever também. A Fabi, não muito. Ela é racional demais às vezes, encontra as suas explicações bem mais rápido do que eu porque eu gosto mesmo é de ficar viajando... Imaginando.

– Eu entendi o seu viajando.

– Ah... Sei lá, achei melhor explicar, você me parece meio formal... Formal até para certas palavras.

– Acho que é por causa do meu trabalho, mas eu tento ficar mais informal quando não estou trabalhando, lidando com clientes, essas coisas. Não pareço informal?

– Não.

– Desconfiei.

– Enfim, quero dizer que, mesmo eu sendo de um jeito e a Fabi de outro, nós nunca pensamos em nos afastarmos para sempre, nunca, porque a gente gosta uma da outra. A gente se ama como irmã. É isso o que eu queria dizer.

Augusto deu um suspiro antes de falar:

– Ana. Você é a garota mais sensível que eu já conheci na vida.

– Você tem coisas boas pra contar?

– Coisas boas?

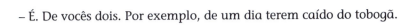

– É. De vocês dois. Por exemplo, de um dia terem caído do tobogã.
– Cair do tobogã é uma coisa boa?
– Ir ao parque e brincar juntos. Isso é uma coisa boa.
– Sei... Nunca caí de tobogã nenhum – pausa. – Mas caímos de uma árvore bem grande uma vez.
– Jura?
– Juro. Nós dois subimos pra pegar manga verde. Ia fazer seu pai experimentar manga verde com sal, já comeu? – Ana balançou a cabeça querendo dizer que sim. – Mas caímos antes. Eu levei a maior bronca da minha mãe, onde já se viu carregar o menino – o menino era seu pai – lá pra cima, se eu não tinha noção, que eu merecia um castigo daqueles, e se o José Luís me quebra uma perna? Um bracinho? Não tem juízo não, Augusto? Em vez de você cuidar dele, apronta essa! Será que eu vou ter que ficar vigiando o tempo inteiro? Não tem tamanho o suficiente pra saber o que é certo, o que é errado? Pelo amor de Deus, Augusto. Cria juízo!

Sucedeu um silêncio nessa hora. E foi um silêncio bem estranho. Palpável quase.

Ana Maria percebeu algo acontecendo.

Acontecendo com o tio. Era como se aquele relato tivesse sido capaz de tê-lo feito voltar no tempo, como se o Augusto tivesse mesmo conseguido enxergar, sentir, até tocar a árvore, a manga verde, a mão pequena do José Luís, a mãe correndo atrás dele com uma vassoura... (essa última parte foi pura imaginação da Ana Maria, que não tinha sossego de ficar sem imaginar).

Acontecendo consigo mesma. Mas não sabia dizer o quê.

Augusto puxou o ar, deu uma tossidinha. E falou, balançando a cabeça de leve e esboçando um sorriso, tentando parecer natural:

– Acho isso engraçado...
– Engraçado porque já passou.
– Provavelmente.

Silêncio de novo. Augusto juntou as mãos, apoiou os braços nas pernas e ficou um tempo olhando o chão.

— Nós dois caímos do tobogã uma vez – Ana Maria contou. – Nunca esqueço.

Ele ergueu o rosto:

— Pois era isso mesmo o que eu ia perguntar agora: então vocês dois caíram do tobogã?

— Sim. Meu pai não gostava muito desses brinquedos... malucos, como falava. Mas ele sempre ia comigo.

— Puxa...

— A gente tomou uma bela ralada.

— Normal. Já ralei muito joelho andando de bicicleta.

— Bom, isso eu também.

— Que mais?

— Não caímos mais de lugar nenhum.

— Não, não é isso – Augusto balançou a cabeça para os lados. – Me fala mais um pouco do meu irmão.

Ana Maria sorriu. E olhou tio Augusto com ternura.

— Tá certo. E você me conta mais do meu pai.

— Fechado.

Augusto esticou o braço. E Ana Maria apertou-lhe a mão.

Sorvete

Quando a campainha tocou, Ana Maria foi espiar pela janela antes de abrir a porta.

Era ele. Bem no horário que costumava aparecer, geralmente depois do almoço, da tarefa, depois de outras coisas menos importantes. Serginho sempre, sempre aparecia.

Foi da janela que ela disse oi.

— Tá calor hoje – ele falou da calçada.

— Eu sei.

— Quer tomar um sorvete?

— Quero.

— Então, vamos.

— Você espera um pouco?

– Espero.

Ana Maria fechou a janela e correu para o quarto. Foi tirando depressa a calça comprida, quase caindo para trás quando arrancou uma das pernas. Ficou pulando num pé só, até retomar o equilíbrio. Quando conseguiu, tirou a outra perna, fez um bolo com a calça e jogou em cima da cama.

Abriu o guarda-roupa. Puxou a segunda gaveta, revirou daqui, revirou dali, tudo isso numa pressa de quem está atrasadíssima, perdendo a hora para algo superimportante.

Pegou um short. Não gostou. Pegou um outro. Colocou. Tirou a camiseta do uniforme e escolheu uma blusa de alça. Mas que calor mesmo!

Ia passando reto pelo banheiro, quando mudou de ideia. Abriu a porta e procurou o espelho.

Botou a cara toda, sem hesitar, ficando frente a frente com ele.

– Está bonita, Ana! Combinou bem o short com a blusa!

– Você acha?

– Acho não, tenho certeza. É a garota mais linda do mundo!

– Você fala isso porque sou sua filha.

– Eu falo isso porque é verdade.

Silêncio.

– Pai, e se daqui a alguns anos eu ficar assim... hum... deixa ver...

– Alta que nem eu?

– É, você é bem alto mesmo... Então?

– Então, o quê?

– Vou ficar feia. Não posso crescer mais! Mas acho que vou.

– Por que feia?

– Muito comprida.

– Muito elegante.

– Elegante?

– Eu acho.

– Explica elegante.

– Elegante é quando uma mulher, alta, tem um jeito todo especial

de andar, mudar os passos. Parece até que flutua porque seus pés tocam o chão com tanta delicadeza e suavidade, que ninguém sequer escuta o barulho do salto da sandália. Ninguém. É mágico.

Mágico.

Ao pensar na palavra, Ana Maria reencontrou seus olhos no espelho. Permaneceu na frente dele durante uns segundos, tentando adivinhar qual máscara estaria usando agora.

Qual?

De menina glamourosa não era. De menina triste também não.

Não descobriu.

Saiu correndo.

Atravessou o corredor, a sala, abriu a porta e passou pelo jardim, chegando ao portão. Serginho levantou-se. E olhou com admiração, Ana Maria sentiu.

– Você tá bonita.

– Você acha?

– Não acho, tenho certeza.

Ela abriu um sorriso. Serginho perguntou:

– Posso te dar um beijo?

– Me cumprimentar com um beijo? – lembrou-se da pergunta do tio pedindo abraço à mãe.

– Não. Beijar mesmo.

– Ah... Bom... Isso é uma coisa muito difícil de se pedir, Serginho!

– Por quê?

– Porque fica difícil responder.

– É?

– Claro! Tem coisa que a gente não pergunta. Não precisa, entendeu?

– Entendi.

Se fosse igual ao sonho, Ana Maria pensou que seria bom. Mas se fosse diferente, ela tinha certeza de que também seria. Aquele beijo do filme, por exemplo. Parecia bom. Mas nem lembrava direito daquele filme, ele era tão ruim e tal, por que tinha horas que não poderia simplesmente se concentrar na própria vida? Por que tinha de ficar pensando, voando... Era uma garota imaginativa, segundo a Fabi. Segundo a Fabi...

Fim de pensamento. Não tinha mais como sua concentração fugir. Nem queria que isso acontecesse, pois nessa hora Ana Maria beijava Serginho e tudo o que ela sentia, tudo o que poderia e queria pensar estava ali. Naquele beijo. Ninguém precisava fugir.

– Estou gostando de você – Serginho disse.
– Eu também. Mas você espera um pouquinho de novo?
– Por quê?
– Só um pouquinho. Preciso fazer uma coisa urgente.
– Tá.

Ana Maria correu até o jardim, entrou no meio do canteiro de margaridas e apanhou uma delas. Uma que tinha as pétalas grandes, o miolo de um amarelo vivo feito o sol.

Abriu a porta da sala, foi até a mesinha de centro e pegou o vaso azul. Levou-o até a cozinha, abriu a torneira da pia enchendo-o de água e depois colocou o vaso de volta no lugar. E a margarida dentro.

Já saía correndo outra vez, quando tomou o caminho oposto. Foi até a mesa de refeições, onde estavam seu caderno e a caneta – eles sempre ficavam por ali, num cantinho da mesa, como que esperando. Afastou a cadeira, sentou, pegou a caneta, abriu o caderno, virou uma folha, outra, até achar uma página em branco. Passou a mão por cima, alisando. Inspirou fundo. E uma coisa lhe veio à mente:

Uma vez, não fazia muito tempo, Ana Maria tinha ouvido pela tevê a entrevista de um escritor sobre a tal inspiração. Fora se lembrar da entrevista justamente nessa hora, justamente quando botou o ar para dentro.

– Meu amigo – o escritor falava ao repórter –, o que é essa inspiração sobre a qual você vem me perguntar? Encher os pulmões de ar, sentir o ar passando pelo corpo todo e se transformando em energia, uma energia criadora, mas também uma energia para trabalhar, suar a camisa, ferver os miolos... Quem é que pode saber, ao certo, os motivos que fazem uma história desandar?

E naquela hora Ana Maria abriu a boca de um jeito, mas de um jeito, porque não era incrível que o escritor tivesse usado a mesma palavra que ela vivia usando? Pois usou.

– O importante mesmo – ele continuou – é tentarmos buscar um caminho para a nossa história. Sempre há um caminho. Pode demorar mas, acredite, ele acaba aparecendo.

Ana Maria inspirou outra vez.

E então escreveu:

Afinidade

Afinidade é uma palavra fina e comprida que quer dizer vontade de ficar perto de alguém. De conversar, ver filme, tomar sorvete, ir ao circo, ao parque, dar risada e até chorar. Também quer dizer saudade quando a gente não pode mais ficar junto. E amor quando a gente pode. É descobrir que a saudade dói, mas que o amor é uma coisa tão boa de se sentir, mas tão boa, que faz essa dor ficar pequena e você ficar bem grande. Não é ruim ser grande. Afinidade é uma palavra elegante.

Sobre a escritora

Arquivo pessoal

Nasci em 19 de julho, em Americana, interior de São Paulo. Estudei Letras na PUC-Campinas e fui professora de Língua Portuguesa durante bastante tempo. Nos últimos anos, venho me dedicando exclusivamente à literatura, escrevendo e participando de encontros com leitores em todo o país. Meu primeiro livro foi publicado em 1998, e hoje são mais de 30 obras lançadas para o público infantil e juvenil.

Para mim, escrever é uma grande paixão. Quando não escrevo, fico meio triste, chateada, ranzinza, desmotivada.

Acho que pareço um pouco com a Ana Maria, a personagem deste livro. Ela também fica desse jeito quando vê que sua história está complicada de resolver. Não só essa. Na verdade, há vários conflitos de sua vida que se misturam ali e que vão muito além do enredo que ela está criando. Enquanto escreve, Ana Maria tenta se entender.

Creio que também escrevo por causa disso.

Tânia Alexandre Martinelli
www.taniamartinelli.blogspot.com

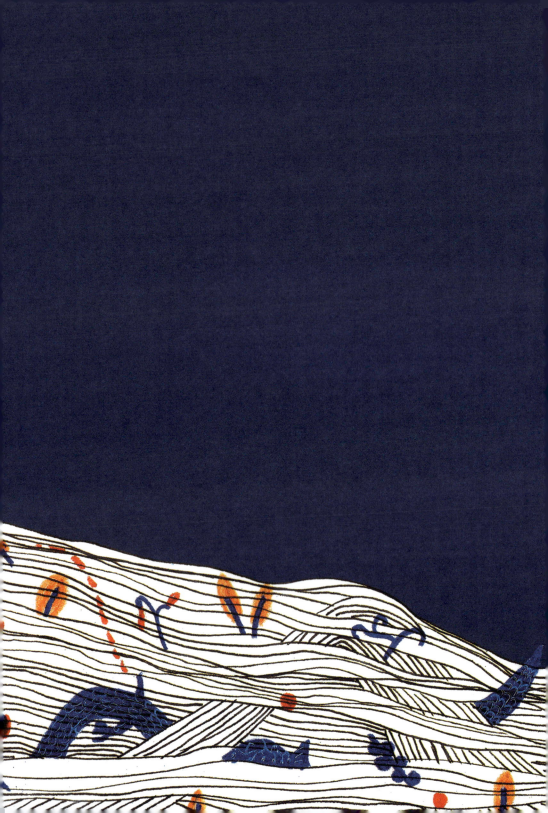

Sobre a ilustradora

Arquivo pessoal

Nasci em São Paulo, em 1977, mas recentemente me mudei para Berlim, na Alemanha. Cursei a faculdade de Arquitetura e Urbanismo da USP e me interessei especificamente pelo desenho e pela pintura. Quando me graduei, experimentei ilustrar um livro, o *Zoo* (Ed. Hedra, 2005). Desde então, tenho ilustrado vários outros, e até comecei a escrever também! Sou coautora da Coleção Recortando Histórias, da Editora do Brasil.

Este é o segundo livro juvenil ilustrado por mim. Num livro assim, com texto mais longo, os personagens são um pouco mais complexos. Eu o li diversas vezes para ilustrá--lo e acabei me sentindo como se conhecesse Ana Maria. Como ela é uma personagem que está passando por um momento confuso e cheio de emoções diferentes, procurei expressar essas emoções por meio de temas típicos de vasos chineses. Você consegue perceber isso?

Mariana Zanetti

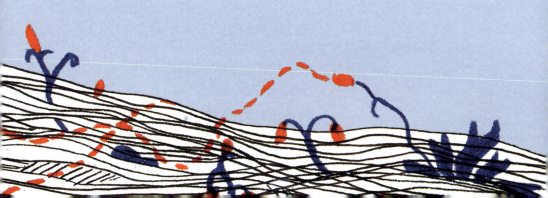

Este livro foi composto usando-se a tipografia ITC Stone Informal e Mosquito Formal St. Impresso em papel Cartão Supremo (capa) e em off-set (miolo).